妖怪と小説家

野梨原花南

富士見L文庫

JN210818

妖怪と小説家

この作品はフィクションです。一部実際のエピソードに基づいた話も含まれていますが、さらに創作性を持たせたものとなっており、実在の人物・団体等とは一切関係ありません。

壱

透明な高い空は、日が沈んだあとの塵《ちり》の照り返しで、見事な金と桃色、壮大なうす青色から藍色《あいいろ》の色彩を天球に映し出している。

舗装道路を歩く僕の足音と、少し遠くで電車の音がする。過ぎていく車。帰途につく人たちの足早な靴音。

東京《とうきょう》は、緑のとても多い都市だ。そして人も建物も多い。増える一方だ。管理された清潔な森林が残り、また、小さな茂みが人の手によって作られる。

今年は冬が終わりそうで終わらない。春かと思えば、また、背筋が痺《しび》れるような寒い風が吹く。刺すような雨が降ったと思えば、次の日には、半袖《はんそで》を着ている男を目にする。

大きな公園の近くを歩くと、乾燥注意報が出ているというのに、十分湿った気配がする。

木と土と、巨大な池と水脈。

玉川上水《たまがわじょうすい》は、川底が見える程度に流れている。

公園の出口からふらりと、薄暮の中に薄い影の様に歩き出てきた人に、僕は声をかける。

「先生」

「うわあ」

身長が高く、軽くウェーブのかかった髪を後ろに流した、彫りの深い顔立ちの、僕の目当ての男性が一歩後じさった。革手袋を塡《は》めた手でポールスミスの紙袋を提げている。右手にも左手にもだ。今着ているものも、おそらく同じブランドのキャメルのコートで、よく似合ってはいる。袋に何かフライヤーを突っ込んでいるのが見えた。

公園内を歩いて来たのだろう、ブーツの踵《かかと》を舗装道路に鳴らして泥を落とし、先生は僕の顔を横目で見て、二、三歩後じさった。

「お買い物ですか。いいですね」

「き、君、どうして僕がここにいるのがわかっ」

「お宅にお邪魔しようとしてたところで」

「駅からだと遠回りだろ！」

「公園で一服してから行こうかなって思って」

「禁煙したまえ」

「僕、煙草はやりませんよ、マイナスイオンを吸い込んで行こうと」

先生はチッと舌打ちをした。

「なんだ君、うさんくさいな。次はマクロビとか言い出すんじゃないだろうね」

「マクロビオティクスも好きです」

僕らは道を塞《ふさ》ぐ形で立っていたので、後ろから来た、犬を連れた男性にじゃまそうにされて一歩ずれた。

「先生はもう少し健康的な生活をするべきです。でも、今日はこんな時間に外に出てるなんてすごいな。えらいえらい」

僕が言うと、先生は青になった信号を見て、スタスタと横断歩道を渡った。僕も追いかける。渡りきって、細い路地に入る。歩きながら先生は言う。

「書いてるよ、原稿、書いてる」

「はい、信用してます。してますけど、その袋は」

「私的な事だ」

「吉祥寺《きちじょうじ》のパルコでバーゲンってポスター、電車で」

「東急《とうきゅう》だ。パルコだなど、ナウなヤングのファションビルだろ。僕のゾーンじゃない」

「先生だってナウなヤングでしょう」

「もう若くない。ナウでもない」

「で、東急でバーゲン」

「バーゲンがあるということは、今年の春の新作があるということだ。金ならあるので、バーゲンに固執する僕ではない」

「新作大コケだったじゃないですか」

先生は足を止めて振り返って怒鳴った。

「御社《おんしや》が売らないからだろ！　傑作だったのに！」

街灯が明るい。時々車が低速で脇を通っていく。僕は真理を言う。

「売れないものは売れませんよ」

「売ってくれなきゃ売れないだろう！」

「売れるもんは売らなくても売れるんですよ。業界の摂理はそういう風にできてまして」

「努力放棄か！　そういう態度のところには書きたくないな」

「何処行ったってこうですよ。真理です。摂理です」

先生はまた僕に背を向けて歩き出した。先生のマンションはもうすぐだ。

「じゃあ御社とはもう取引せんよ」

「僕ぐらいはっきり言う編集はいませんよ」

「だろうね。編集者が全員君みたいなのなら地獄だろ」

空は相変わらず薄く青い。僕は先生のあとを追う。

「でも先生はっきり言うほうが好きでしょ」

「なんで自分はできる編集だ、僕という人に合わせてやってるんだみたいな顔をする」

「実際そうですんで」

「なんだよ」

「でも先生の精神科医O《オー》シリーズは売れてますよ」

「こんなのみんな好きだろってイヤミで書いたら売れたんだ。バカめ」

「売れてますよ」

「僕はこの間大コケしたみたいなのが書きたいのだ」

「っていうから出したのに大コケするんですもん。もうああいうのダメですよ。気も済んだでしょ」

「済むか。当たるまで書くぞ」

「精神科医O書いてくださったらどうぞ」

「出してくれるのか」

「読んでからですね」

「それ出さないパターンだろ」

ああやだやだと先生はぶつぶつ言う。

「口約束もイヤでしょ」

「イヤじゃないよ。とにかくまずはいい気にさせてくれ。ちやほやしろ。褒めろ」

「あとで言った言わないでグズグズ言われるのもイヤなんで」

先生はふと立ち止まる。

車も来ない。人もいない。細い路地だ。空は薄暮のままだ。

なんか変だなと思った。先生のマンションはこんなに遠くなかったはずだ。人通りも車通りももっとあるはずだし、携帯電話を見たらもう6時を過ぎていて、昨日の夕方6時はまっくらだったはずだ。

この街の景色は特徴的だ。

駅を境に南北に分断されていて、南側のこのあたりは、長方形の区画がずらっと並んでいる。

線路を背にして立つと、随分先の連雀《れんじやく》通りまで、まっすぐに道が走っていて、その連雀通りはここからは見えない。

随分遠くまで見渡せる道なのに、誰もいない。遠くの道を横切る影はちらほら見える。

車は通らない。街灯は白く明るいが、その分影が暗い場所もある。

空は薄暮の青だ。

何分前かと一緒ぐらいの。

僕はスマホを取りだして位置情報を出す。先生は覗《のぞ》き込んでいる。

「今僕らどこだね」

「先生自分のは」

「あんな首輪、持って歩かんよ。僕は作家だよ？　自由人だよ？」

「ちゃんと持って歩いてください。メール差し上げてたんですよ」

「で、どうだね」

僕は画面を見る。

長い長方形の区画が並ぶ地図。その地図の範囲がものすごく広い。スワイプしてみてもずっとおんなじだ。斜めに走るさくら通りも見えない。字も文字化けしてる。

試しに編集部に電話をかけてみる。

かかった。

「あっ僕。今先生捕まえましたって編集長に言って下さい。ところで今何時です？　窓の外はもう暗い？　ん、ありがとー」

通話を切る。

ツイッターにログインしてみる。いつも通りの書き込みが流れていく。

画像検索をしてこの街の地図を見つける。それは記憶どおり。現在地を示す青い点がふわふわと点滅しているけど、ここがどこだか解らない。駅も公園も表示されない。

「何時だって？」

「スマホの時計は79時14分です」

「うっふ。そのスマホ壊れてるぞ」

「編集部では、18時23分で、窓の外はまっくらです」

先生は胸を押さえて身もだえる。

「ヤダ怖い」

「おもしろがってますよね」

「今のところね」

言うと先生は走っていって路地の交差点で大の字になった。

「普通できないぞこんなこと！　君もしよう！」

「あっいいです。したくないです」

「なぜだ！　あっ金星だ」

「木星じゃないですかね」

思いついて天球図を検索してみる。ちゃんと出た。あってる。

「……まあ、羅針盤を持ってるわけじゃないから」

「アプリであるだろ」

方位磁石を出してみる。見て僕は言う。

「伝統的ですよコレ」

先生が寝転がったまま指を立ててくるくる回す。

「ソレです」

方位磁石は画面の上でくるくる回っている。

電信柱につけられたプレートに書かれた住所も数字が読めない。

「っんー！　どうしましょう」

「トイレはそこらへんですればいいし、こういうとこじゃそもそも飲み食いしたらダメなもんだ」

「なんですかそれ」

「マヨヒガならいいんだけどねェ」

「あーあれだ、伊弉冉尊《イザナミノミコト》ですよね」

「吾《われ》すでに黄泉戸喫《よもつへぐり》せしっつって」

「それそれ。それです」

「その差はどこにと言って、神と妖怪《ようかい》の差な訳だが」

先生は起き上がると面白そうに笑った。

「君、そういうの信じないとか言わないのかね」

「は？」

「非科学的だとか非論理的だとか」

先生は変な事を言うなと僕は思う。

「僕ものすごくリアリストですよ。先生が明日《あした》までにあがるっていう時に印刷所を三日後に押さえるぐらいには」

「あれどうやってるの？　校正ちゃんと入れてるの？」

「聴いて驚いて下さい。じつはちゃんと入れてあります。校正さんのスケジュール押さえの努力を褒めて欲しい」

「誤字、全部ちゃんと見てくれ。こないだの誤字、取りこぼしひどかったぞ」

「締め切りに上げて下さい」

「間に合うスケジュールを組め」

「組んだスケジュールを守って下さい」

僕と先生の視線が空中で出合って、漫画だったら火花を散らす。

「で、リアリスト？」

「はい」

「どういう」

「何がどうだろうが、今この状態をどうにかしないといけないでしょ」

風も吹かない。何もかも止まっているようだ。先生は立ちあがる。

「そうだな」

先生のコートに土とか着いていたので払う。先生は僕に礼を言う。

どうしようもないので、一丁ぐらい歩いた。で、右に曲がって右に曲がって右に曲がると元の場所に出るはずなのだが違う場所に出た。

「うーん」

「どうしましょう」

「直進だ」

五分ぐらい歩いて、同じ場所に来た。

「あの、梅の木……」

先生が視線を向けたのは、垣根の向こうから枝を伸ばしている梅の木だ。見たことがある。先生が大の字になった路地だ。戻ってきた。

「ですよね」

「うわーめんどくさい」

言って先生は息を吐く。

僕も溜息《ためいき》を吐《つ》いた。

少し沈黙があって先生は言った。

「そろそろ」

「ですよね」

「だよな」

僕たちは少し黙っていた。

路地の向こうから角を曲がって人が現れた。自転車に乗っている。警察官ぽい服を着ているが、顔がよく見えない。

「先生」

「あっうん」

「アレなんですか」

「あっうん」

返事になっていない。警官ぽい人は、身長が2メートルぐらいあって、手足も長かった。

自転車は僕らの横に止まった。

顔を見ているはずなのに見られない。頭の中で像を結ばない。

「どうてまてた？」

妙に明瞭《めいりょう》で朗らかな声で警官ぽい人が言う。でもなんか変な言葉だ。

「あっあの、ええと、道に迷っちゃって」

「そうみたてねー。ええふ、いったて、こあばか、こきましょう」

警官ぽい人が自転車を降り、自転車を牽《ひ》いて僕らの横に立って歩き出す。

僕と先生はしずしずと付いていく。少し歩くと、交番みたいなかんじの白い建物があった。

警官ぽい人は自転車のスタンドを立ててとめると、交番の中に入っていった。奥に続くドアがあって、そこに何人か警官ぽい人たちがいるようだった。

「先生」

「逃げるよ」

「はい」

先生は僕の返事を聞くより早く駈《か》け出した。ポールスミスのショップバッグが激しく揺れる。

後ろから何か追いかけてくる。

振り返ってみたら警官ぽい人が三体ぐらい、走ってきていた。

「うわ、自転車どうしたんだアレあははは」

先生が笑う。

「待ちおさい」

「マチかさい」

「ふちなさて」

口々になんか言ってて怖い。

どっかの家からTVの音が流れてる。何かの音楽のオープニングみたいだ。妙に頭に残った。リナロラン、リンリラン、アーンハー。空は変化がない。相変わらず薄暮だ。

「先生どこまで走れば」

「いいから、はしって、ひぃ」

先生は長身でどばどば走る。ショップバッグがうるさい。

とりあえずさっきの梅の木の交差点はどこだ、と思ったがみつからない。多分、ないんだろう。でもこのへんだ。

先生は突然立ち止まった。勢いあまってわたわたした。

「あっあっ、ここ」

突然言われて、僕もつんのめった。

「なんです⁉」

「さっきここにポールスミスの袋のフタのシール貼っといたんだ」

言われてみればアスファルトの上に何かテカってるシールがあった。

でも梅の枝がない。

先生は後ろを向いた。

「きゃっ怖い」

さっきの警官ぽい人たちがもうすぐそこまで来ていた。

先生はすっと背筋を伸ばして立つと、パン、パンと拍手《かしわで》を打った。

「次、君も一緒に」

「は、はい！」

言われて僕も、先生の拍手に合わせて手を打った。

「怒鳴れ！」

先生に言われて、もう手を伸ばせば届きそうな、警官ぽい人たちに向かって怒鳴った。

「こっち来るなあ！」

先生がなんか言った。

「ああおいかりんもふっとばせええええええええええええええ！」

コレ知ってる。

あれだ、宮澤《みやざわ》先生の戯曲だ。

続く言葉も知ってる。つられて言う。

「すっぱいかりんもふっとばせえええええええええええええ！」

「どっどどどうど」

「どどうどどう！」

よく声が出たものだと自分でも思う。先生と声が重なった。

いきなり視界が暗くなった。

驚いて瞬《まばた》きをしたら、後ろから控え目にクラクションが鳴らされた。

先生に引きずられて道の端に寄る。風が冷たい。街灯が明るい。クラクションを鳴らした軽自動車が僕らの横をゆっくり通り過ぎていく。排ガスの匂い。梅の枝が風に揺れている。すっかり暗くて、ライトをつけた自転車や、会社帰りの人たちがぽつぽつ行き交う。

遠く電車の音がする。

「もっもどっ」

戻った、と先生にすがりついて言うと、先生は僕を抱えるようにして歩き出した。僕は腰が抜けていた。

「僕のマンションまでもう二分もかからないよ、しっかりしたまえ！」

「は、はひ」

行き交う人々は僕たちの方を見ない。東京の人のマナーみたいなものだ。

先生のマンションは三階建てで、隣にコインパークがある。静かな住宅地で、やっぱり路地は狭い。

エレベーターで三階に上がって先生の部屋に向かう。先生は鍵《かぎ》を開けて、中に入る。廊下の灯《あか》りをつけて、TVをつける。エアコンはつけっぱなしで温かい。部屋は綺麗《きれい》で掃除が行き届いている。ハウスキーパーを入れてるんだって聞いてる。

僕と先生はリビングのラグの上に倒れた。

「あっあれ、あれ、なんなんです」

「知るか」

TVは世界のなんとかっていうバラエティをやってた。おなじみのメンバーっぽい人たちが笑ってたけど、僕はこの時間仕事してるから、あまりTVに詳しくない。

お洒落《しやれ》な室内。温かい部屋。先週号の漫画雑誌。

「こ、コレ、もらっといてよかった」

先生がショッパーからフライヤーを取りだした。一色刷のコピーの。

「……野外劇場で上演……風の又三郎《またさぶろう》……」

「今やってる。まさに」

「それであれ叫んだんですか」

「言葉が重なれば、戻ってこられるかなと思ってさ。宮澤先生さまさまだ」

TVから声がした。

「いまひたき」

「まいまない」

あの声だ。

僕は硬直している。

先生がTVを消した。それから立ちあがると、液晶TVを手前に引き倒した。破壊音がして液晶が割れた。

「なにやってるんですか！」

「怖いから壊したんだよ、決まってるだろう！」

先生が金切り声で言った。

静かになった部屋で、先生は隣の部屋に行ってPCをつけた。

「ねえあのー」

「はい」

「君、今日泊まっていかない？」

「原稿を書いてくださるなら」

「がんばっちゃう」

「ピザでも取りましょう」

「トイレいきたいんだけど、外で待っててくれないか？」

「僕の時もお願いします。ピザ何がいいですか」

「チーズンロールのね……なんかクワトロ……」

カチカチとキーボードの音が鳴り始めた。先生はコートも脱いでいない。こうなったらもう先生は集中してしまって会話も難しい。

僕は実はチーズンロールより薄い生地の方が好きなんでそっちを注文した。どうせ先生が気が付いた頃にはピザは冷めてる。先生には代わりにリゾットを頼む。チンして出そう。

「トイレ」

先生がそう言って立ちあがる。僕は付いていく。

もう、先生は何にも怖くなくなってるみたいだ。仕事に没入している人は、基本的に恐怖を忘れる。みんなそうだ。そういうものだ。

トイレのドアを開けたまま、先生は用を足す。音が聞こえるのは気まずいが、見なければいいだけだ。

「そういえば、宮澤先生の妹さんのご病気どうなったかな」

「いつの話してるんですか」

「肺結核怖いねぇ」

「入院して、快方にむかってるそうです」

先生はほっと笑ったようだった。

「それはよかった。先生もお元気かい」

「新作書いて欲しいなあ」

「読みたいねぇ新刊」

つくづくと先生は息を吐く。

「本当ですよ。でも僕は先生の新作も読みたいですよ」

「今ね！　キリストとユダに着想を得た短編を書いているんだよ！　読んでくれないか！」

「精神科医Oを書いてくれたら読みます」

「なんだあんな通俗」

「書いてください。来月は井伏《いぶせ》先生の新刊も出るんです。師弟で続けて出したいなと」

先生の声がしぼむ。

「い、井伏先生は嫌いだ」

「あわせる顔がないって言うんでしょ」

共用通路に面して塡《は》めてある磨《す》りガラスをふと見たら、なにか大きなものがいた。

身長2メートルぐらいで手足が長くて警官ぽい人だ。こっちを見てる。

でも。

僕は一つ深呼吸をして言う。

「先生、原稿朝までに上がりますか」

「多分いける。かけないところのアイディアが出たんだ、こうなったらもう僕は」

インターホンが鳴った。手を伸ばして届くところに受像器があったから受話器をとって、はーいと出る。ピザが届いた。磨りガラスの向こうには警官ぽい人がいる。

先生が、集中力を孕《はら》んだままの声で言った。

「無敵だよ」

受話器を置いて数歩歩き僕は扉を開ける。

「こちら、ダザイ様でよろしいですか？　すみません、難しい名字だったんで」

健康的な若い男性が笑ってピザを渡してくれた。

「ですよね。同じ字の有名人とかいないですし」

男性は少し笑ってからこそりと小声で言った。

「あそこになんか変なのいますけど」

「気にしないでいいです。そのうちいなくなります」

もう気にしないことにした。

それよりも、もくろみが外れた。先生が頼んだのと違うピザ。僕の好みのピザ。ピザがチーズンロールじゃないのが問題だ。

と、思ったが、仕事モードの先生はあんまり気にしなかった。

先生はピザを食べながらキーボードを打っていた。食べ終わったら僕が淹《い》れたコーヒーにも手を出さずひたすらキーボードを打っていた。途中でコートを脱いだ。床に落としたままキーボードを打っていた。

僕は仕事鞄《かばん》の中からタブレットとキーボードを取りだして、先生の机の前に置いてあるソファーとテーブルで仕事をして、真夜中になった。

先生はその間ずっとキーボードを打っていたが、突然言った。

独り言だったのかもしれない。

「この物語を読んで、誰か喜んでくれるのだろうか。誰かが、明日《あした》に希望を――……」

語尾は消えて、自分の中に戻ったようだ。

思うよりも先に言葉が出た。

「皆さん、楽しみにされています。必ずそうなります」

先生は微笑んだ。

おそらく僕にではなく、言った。

「ありがとう」

もう怖くなかった。

先生はTVを壊さなくてもほんとうはよかった。

磨りガラスの向こうに何がいてももう気にならないから見にも行かないし、僕はトイレは一人で行った。先生も一人で行った。

物語を書いて、本を出して、誰かが喜んでくれる。

なんか変な体験をしたとして、なんかこわいことがあったとして、その事の前にはなにも怖くない。

キーボードを打ちながら先生が言った。

「ねぇ、水羊君《すいよう》」

「はい」

「編集部で、TV買ってくれない？」

「年末のパーティの景品に出しますからビンゴ当ててください」

「ビンゴ運悪いんだよ僕！」

「そもそもパーティ来てくださいよ。いっつもすっぽかすじゃないですか」

僕はソファーの上で仮眠をとって、起きたらメール添付で原稿が送られてきていた。先生が椅子と机の上で寝ていた。

僕はあくびを一つして、原稿を読み始める。

皆さん、とても楽しみにされてます。

僕も楽しみにしています。

なんか変なことやこわいことなんか、そのことのまえには、どうだっていいです。

外で鳥の声がする。
新聞配達のカブの音がする。
もうすぐ夜が明ける。
僕は何にも怖くない。
原稿は面白かった。
とても面白かった。

弐

「君、実際変な事があったんだ」

と、小説家の先生は担当編集の僕に言った。

「はあ」

先生の仕事場兼住居の3LDKのマンションは、分譲ファミリータイプのつくりでそれなりにゆとりがある。会社に近いことだけがメリットの、僕のワンルームとは雲泥の差だ。

おおよそ会社にいるからどうでもいいけど。

この先生は、家にいるときでもいつでもある程度ちゃんとした服を着ている。今日はポールスミスの新作のTシャツ。ポールスミスの去年のトラウザーズ。ポールスミスの室内履き。手足も長いし身長もあるから、ぴたっと決まっているのはいいが、上から下までマルチカラーの細いシマシマで、なんだか、カラーのバーコードみたいだ。

そんな格好で、デザイナーズのPCデスク、お洒落《しゃれ》SOHO御用達《ごようたし》アーロンチェアに座り、アップルのPCを前に、カプセルを入れてバシューッてなるコーヒーメーカーで淹《い》れたコーヒーを飲んでいる。

飲んでるカップもどっかのなんかっぽい。

僕に出してくれたコーヒーのカップもどっかのなんかっぽい。

先生の仕事場のどっかのなんかっぽい小さな丸テーブルと、どっかのなんかっぽい椅子で僕はコーヒーを頂いて話を聞いている。

「じゃあアレですね、吉兆って事で、先生の人気シリーズ、『精神科医O《オー》の告白』シリーズの最新刊もバリバリ書けるってもんじゃないですかね」

「そんなん言うならそろそろあれ映画化してくれたまえ！」

「いやー昨今厳しくて」

「色々してるじゃないか！　御社、軽率に色々してるじゃないか！　テレビドラマでもいいぞ！」

「軽率にはしてませんよ。失礼だなあ」

「なんでもいいからしてくれ！　今こそ軽率にしてくれ！　綺麗《きれい》な女優とかにキャアキャア言われたい！」

「女優さんたちはお仕事ですから」

「お仕事で原作者にキャアキャア言ってくれないのか⁉」

「台本にあればカメラの前では言って下さると思いますけど」

「恋の花とか咲かないのかね⁉」

「稀《まれ》にないではないですけど」

「100%ではないのか⁉」

「いやほらそのためには原稿書かないと」

「そんな宝くじ買わないと当たりませんよみたいな事言われても」

「原稿書かないと当たりませんよ」

「そうなー」

先生は黙った。

しばらく沈黙がおちる。

マズい。

テンション下げたかな。

原稿書いてもらわないといけないんだ。

とにかく、宣伝文書けるぐらいのなんかを持って帰らなくてはならない。

先生プロット書かないから、その代わりにストーリーが解る程度の原稿もらわないといけないんだけど書いてくれないかな。

僕が適当に書いてもいいんだけど、前にやったら泣きながら怒られたから、できればしたくないんだけど、〆切どおりに原稿があればあんな事しなくていいんですよ先生……。

ドアが開く音がして、足音がした。

「え、誰か来ましたか」

と、先生を見たらPC前にいなくて椅子だけがくるくる回っていた。クローゼットが閉まる音がした。

「先生？」

部屋の扉が開いて、背の低い、顔立ちの異様に整った男性が入って来た。

「こんばんは」

黒の仕立てのいいジャケットを着た紳士だ。

「あっこんばんは、中原《なかはら》先生」

「表紙と、宣伝絵のラフ持ってきたんだ。ここのバカのと、井伏《いぶせ》先生のと、川端《かわばた》先生のと」

「あっすごい助かります！」

「メールで添付してもいいんだけど、せっかく来てるなら見てもらった方がいいなって。御社に電話したらこっちに来てるって言うから、じゃあってんで持ってきました。で、イラストのあとでいいんだけど、御社の文芸誌の山鳥《やまどり》にね、投稿しようと思って、書き上げたものがあるんで見てもらえないかな」

中原先生は言いにくそうに言う。

「いいですよー。どうせ待ち時間長そうですし。僕、ぼた餅《もち》買ってきたんでよかったら食べながら」

中原先生はほっとしたように笑った。

「よかった。ありがとう」

言って、中原先生は床に鞄とポートフォリオを置くとスタスタ歩いてクローゼットの扉を開けた。

「井伏先生の挿絵描くからな。新聞連載の」

中には太宰《だざい》先生がいた。

「あいつは嫌いだ!! なんで描くんだ裏切り者!! 僕のこと嫌いだろう!!」

「ったりめぇじゃねぇかてめぇなんかでぇっきれぇだよだっせぇ合わせで服着やがってこのクソ田舎モンがバカ野郎。だいたい井伏先生には散々世話になっただろうが。そういう恩知らずなんかでぇっきれぇだバカ野郎」

「ぼぼぼくだってお前の事なんか好きじゃないやい!!」

「上等だ。俺の絵がなかったら手前《てめ》ェのクソくだらねぇ小説が売れるわけねェだろうバカ野郎」

「井伏のヤツの描くのなんてひどい〜なんで描くんだよ〜〜」

「仕事だからにきまってんだろ依頼ありゃあ受けるよバカ野郎」

「そのうえ川端先生のだと⁉」

中原先生の声が潤む。

「やっと……！　やっとご指名いただいた！　なんて光栄なんだろう！」

「それを僕の時に言えよ！」

「言うかバーカ。ナースのケツばっか描いてる俺の身にもなれバカ、俺はケツより胸だ。もっと言えば鎖骨から乳房までのデコルテの肋骨《ろっこつ》の影派だ」

「うわっやだフェチい。キモい」

「なぐるぞバカ野郎」

僕は慌てて止めに入る。

「中原先生、手を怪我したら大変ですから」

「あっそうか」

「あっそうだね」

太宰先生も納得した。

中原先生はそれにイラッとしたようで、

「なんか、バールのようなもの持ってないですか」

って僕に訊《き》いたけど、

「あの、太宰先生にも原稿書いていただかないといけないんで」

って僕は言い、中原先生はチッと舌打ちをした。太宰先生が言う。

「えっ持ってるの？ 今？ バールのようなものを？ 編集さんってすごいね」

「持ってませんよ」

「なんだ」

つまらなそうに言われる。この人ひとの事なんだと思ってるんだろう。原稿くれれば別にどうでもいいけど。中原先生が言う。

「ね、このバカにつきあってる時間もったいないんで、打ち合わせしましょう。駅前の方行きませんか。いいジャズバーがあるんだ。俺飲みませんけど」

太宰先生がうっとりと言う。

「中原君酔うとスゴいんだもん。血とか吐いちゃってさ……いいよね……耽美《たんび》で羨《うらや》ましい……僕なんか健康そのものなんだよ？ ああ頑健でやだなあ」

「やっぱ、このバカ野郎の頭カチ割るためのバールのようなものないですか」

「とてもすごく残念ですけど持ってません」

「おいバカいいから原稿しろ。お前が書かねぇと俺が挿絵描けねぇだろう」

中原先生大好き……。僕は心から感謝した。太宰先生はのそのそ歩いてまたアーロンチェアにその長身を沈めた。

僕と中原先生は、掃除ロボットが動き回っていた床に座る。中原先生がポートフォリオをあけて原稿を見せてくれた。受け取って拝見する。

「あっいい。これ素敵ですね」

「でしょう。バカのシリーズはデザインのテンプレートが決まってるんで、それにあわせて」

「いいですね。この黄色がどれだけ出てくれるかな。僕印刷所でちょっと、再現がんばってみます」

「まあいくらか色が死んでもいいくらいの計算でやってますんで逆に光らすのだけ勘弁して下さい。で、こちらのが、井伏先生の」

「あっこれは力作。これペンですか」

「ドローイングペンです。新しいやつで、ここまで描き込めるのはうれしいですよ」

「ええ？　でもこれラフですよね。描き込んでありますけど」

「はい。でも本番はもっとちゃんと描きますよ」

「ねぇ」

太宰先生の声を無視する。

「いやーこれで着色してもいいくらいですけどねぇ。いやきれいだ」

「そんな、お恥ずかしい。俺もっと描けますから」

「ねぇってば」

「じゃあこちらのラフはこのまま進めていただくのでいいと思うんです。川端先生のは」

「これなんですけど」

「これは渋いですねぇ！　いいんじゃないですか」

中原先生は苦笑する。

「なんか。いつもはもっとダメ出しするのにどうしたんですか」

いつもは。

ちょっと変な間があいた。

僕と中原先生は少し見つめ合う。

すかさず太宰先生が言う。

「だからさー、この間変な事があったんだよ！　聞いてよ！」

「原稿しろバカ」

「PC重いから再起動したらアップデートだ呪われてる。クレーム電話してやる」

「アップルのサポートに電話してる間にアップデート終わるだろ。ステイしてろ。おい、俺もコーヒー飲む。カプセルもらうぞ」

「モカはやめてくれよな。残り少ないんだ」

「中原先生、原稿見せてもらっていいですか」

言ったら、中原先生は嬉《うれ》しそうに笑った。

「どうぞどうぞ。モカ飲みますか？」

「あっいただきます」

太宰先生が何か雑音を喉《のど》の奥から出したが中原先生は気にしない。

「中原君、僕にも読ませろよって前から」

「お前だけには絶対いやだ。死んだほうがマシだ」

「なんでだよ！」

僕は中原先生の鞄《かばん》の上においてあった封筒から原稿を取りだして読む。夢中で読む。僕にとってはすばらしい文章だ。一つ一つの語句が光っている。素晴らしい。素晴らしい。

素晴らしい。

気が付くと、僕のために淹《い》れられたコーヒーはすっかり冷めていた。

「あっ、す、すみません……夢中で読んでしまって！」

「いやあ、嬉しいですよ」

中原先生は目尻《めじり》を下げて言った。太宰先生が猛烈にキーボードを叩《たた》きながら言う。

「僕のも読めよ！　担当だろ！」

「書けてないものは読めませんよ」

「横にいて書けた端から一行ずつ読んで、一行ずつ褒めてくれ！」

中原先生が言う。

「俺はお前のそういうバカ正直なところは嫌いじゃない」

「じゃあ井伏先生の仕事今すぐ断れよ！」

「そういうとこはでぇっきれェだ。美学とか見栄《みえ》とかねぇのかバカ野郎。さて、バカのエンジンもかかったみたいだから、ちょっと散歩でもしますかね」

「そうですね。先生、何か買ってきましょうか」

「からあげクン買ってきてくれ！　あとガリガリ君の新しいのなんか」

「お食事系でもいいんですか。コンポタとかナポリタンとか」

「いいこの際」

中原先生は、廊下を歩いて玄関に靴を履きに行った。

「おいバカ。絵をいじったらぶっ殺すからな。比喩《ひゆ》でなく」

「中原君なんかだいっきらいだ」

先生は丁寧に靴を履いて、扉を開けて外に出て、待ってくれている。僕も靴を履いて出る。鍵《かぎ》はかけない。

外は夜で、終電もそろそろ終わる深夜だ。外の空気は澄んで冷たい。

「君、帰らないんですか」

先生に聞かれて苦笑する。

「家にはしばらく帰ってませんね。会社には一度戻らないと」

「おつかれさまです」

先生はさっきの原稿の束を手袋をした手に抱えて持っている。

風が吹いて梢《こずえ》を揺らす。この部屋はマンションの三階で、中原先生はエレベーターではなく階段を使って下りていく。

濃い緑の匂いがする。春も深まってきた。夜空を見上げると、油で汚れたガラスみたいに雲が重なっている。新宿《しんじゅく》のほうの空がぼんやり明るい。電車の音がする。一度幹線道路に出て、車の行き来の音の合間に先生が言う。

「散歩がてら井《い》の頭《かしら》突っ切りましょう。男二人だ。暴漢にもあわないでしょう」

「先生そうは言っても危ないですよ。大事なお身体なんだから」

止めるのも聞かずに、道を渡り先生は公園内に向かった。

ざくざくと濡《ぬ》れた落ち葉と枯れた草を踏んで歩き、街灯のある道まで歩く。大きな池と自然林を擁するこのあたりは明らかに湿気《しけ》ていて寒い。風で、高いところの梢が、がさ、がさと鳴っている。街灯や町の灯《あか》りはあるけれど下生えの闇は濃い。

僕は先生の背中を見ながら歩く。先生が言う。

「さっきね、君が原稿読んでくれているときに、あのバカが聞いてもないのに話してくれたんだけど」

「はい」

「あの、不思議なことがあったっていう話さ」

「はい」

「きのう、バカが、からあげクン買いにいったんだと。雑誌と一緒に」

「はい」

「そしたら、凄《すご》くきれいな満月だったって言うんだよ」

「はあ」

井の頭の池で、魚が跳ねる。

東京《とうきょう》のベッドタウンで、高層マンションも建ち並ぶ場所だというのに、巨大な木が頭の上に張りだして、ざざ、ざ、と揺れている。街灯が枝に隠れればそこだけ闇は深い。

遠く、クラクションの音がする。

他の音は、土と草と闇が呑《の》み込む。

急ぎ足で歩く人たちとすれ違う。

足下の歩道はコンクリートだ。それでも土の匂いがする。まだ深夜とは言えない。

町が起きている。

深夜とは言えない。

先生が歩く。梢が切れる。夜空が見える。油で汚れたようなガラスを重ねたみたいな夜空。雲が晴れていく。

まるで、盆のような、絵に描いたような満月が現れる。

「それで家に帰ってテレビ見たら、天気予報の中継やってて、ごらんください綺麗《きれい》な三日月が、って」

中原先生は足を止めて、振り返って俺を見た。

通りすがっていた男と女も足を止めて、中原先生を見た。

森の中、池の中からざざ、ざざ、と黒いものが集まってくる。

中原先生は動じない。

「君が持ってきたぼた餅《もち》とやらは、馬糞《まぐそ》かい。郵便局裏にあったな、厩舎《きゅうしゃ》。あそこから持ってきたの」

中原先生を黒いものが囲んでいく。

俺は動かない。

「なんのつもりだか知らねぇが、馬糞食って腹壊してあいつが原稿書かねぇと、挿絵が描けねぇんでやめちゃァもらえねぇかなぁ？」

俺は動かない。

「俺は、先生の原稿が読みたかったんです」

「ぶきっちょだねェどうも。そんならそんで言えばいいのに」

「気に入らないヤツにちょっかいだすのは、俺らの習性で」

「みてぇだな。ほら、そろそろつきあわねぇぞ」

先生は親指を立てて口元に持っていく。

「おっかねェのが来るぞ。おまえすっかり考えをのっとられちまって」

「あぶない。自分をわすれるところだった。そうなってしまえば、なににもなれない」

「そうさ。おわりだ。いいな。てんとう虫さん、おうちが大事だ」

俺の返事を待たずに、先生はべろっと親指を舐《な》めて、眉毛《まゆげ》に唾液《だえき》を塗った。

吉祥寺《きちじょうじ》の駅ビルで買い物がしたかったから、吉祥寺から公園を突っ切って三鷹《みたか》まで一駅歩く。季節もいいし、編集部に籠《こ》もりっぱなしじゃ気も塞《ふさ》ぐ。

太宰先生は夜型だから、確実に起きてるはずだ。だから僕はいつもそうする。

歩いて行くと、知った人がいた。

「あれっ中原先生！」

誰かに対して立っていた。

僕に凄《すご》くよく似てる人だ。

瞬《まばた》きしたらその人は消えて、中原先生の足もとを何かが駆《か》けていった。

下生えの中に突っ込んでがさささっと音がして消えた。

「えっなんですか今の。動物？　動物です？」

ちょっとワクワクして言う。中原先生が振り向いて言う。

「どうも。この間渡した、山鳥用の短編読んでくれました？　新しいのも書いたんだけど」

唐突だなこの人。

「あっあれ、すみません、あれちょっと編集長に上げられないです。何回も言ってますけど、先生、絵の繊細さと精密さが、文章になっちゃうとどうも過剰なんですよね。叙情にすぎるっていうか。直して頂かないと困るんですけど、直す気ないでしょう」

「君のそういうとこ好きだよ。凹《へこ》むけど」

中原先生は苦笑して言う。

「絵は素晴らしいですよ」

「うん、知ってる」

中原先生は、紙束を暗闇に投げた。どさっと音がした。

「あっ駄目ですよ、そんなゴミ投げて」

「ゴミじゃない。読者にプレゼントだ」

先生は言う。

歩き出す。

「ね、さっきのなんですか。ハクビシン？　ニュースでこの辺出るって」

「眉唾《まゆつば》のまじないが効いて、月で化かすッてんなら狸だろ」

「は？」

「流石武蔵野《さすがむさしの》さァね」

僕のスマホが鳴った。太宰先生だ。出る。

「はい、水羊《すいよう》です。え？　なに？　ぼたもち？　僕が持っていった？　ぼた餅が馬糞でちょっとくっちゃった？　何言ってるんですか？」

それを聞いた中原先生が腹を抱えて大笑いした。

何が何だか解らない。

太宰先生はめちゃくちゃ怒ってる。

困り切って見上げたら、プレパラートに露を噴《ふ》いたような夜空に、見事な三日月が映えていた。

参

ている。

「太宰《だざい》先生原稿書いてください」

って僕がしつこく言っているのに太宰先生はイヤホンしてPC画面に向かって動画を見ている。

「資料のこれ全部見たらね」

その返事にソファーに座ってスケッチブックに落書きしている中原《なかはら》先生が言う。

「早く書けバカ野郎。俺を拘束するな。帰っていいですか水羊《すいよう》さん」

明らかにイライラしている中原先生に僕は泣き付く。

「予告カットだけでも描いて頂きたいんですよ~描けませんか」

「それ無理です。一応読んでからじゃないと」

中原先生の手元を覗《のぞ》き込むと、椿の花が描かれていた。白黒ではあったが、花弁の湿度や、葉の照りや張りもみごとに描き出されている。素晴らしい。

「太宰先生原稿書いてください。中原先生の絵が早く見たい」

「資料のこれ全部見ないと」

中原先生が言う。

「今どこなんだよ」

「シーズン3の5話」

「シーズンいくつまであるんですか」

「8」

僕が止める間もなかった。中原先生がPCのコンセントを引き抜いた。

「うわあああああああああ！」

誰かが叫んでいる。と、思ったら僕だった。

「何するんだよ中原君！　原稿書けないじゃないかわかってるのかよぅ君のせいだぞぅー。あと書いてた原稿消えた」

「何行」

「五文字」

「書き直せ。紙とペンぐらいあるだろう」

「え」

「紙とペンで書け」

「入稿どうすんのさ」

「僕が打ち込みますから早く書いてください！」

玄関のピンポンが鳴った。

「僕が出ますから先生は原稿書いてください！」

僕は腹が立ってしょうがない。なんだこの人たち。原稿書け。どすどすと足音を立てて歩く。

インターホンの受話器を取ると、宅配便だという。靴箱の上にある漆の手文庫の中に、浸透印のはんこがあるのを知っていたので取り出す。

内鍵《うちかぎ》とセキュリティバーを外して扉を開ける。と、小さな箱を持った、ワイシャツとズボンの男性が立っていた。なんか、顔が長い。で、泥臭い。

「お届け物です」

「あ、はい」

「伝票にサインを」

もそもそと言われて、はんこのキャップを外すと、

「あ」

と、言われた。

「え」

「あの、サインで」

「はんこで悪い事ないでしょ」

「い、いや、あの」

なんだ。

「サインでお願いします」

「……はあ」

僕は差し出されたボールペン……いやなんだこれ、なんか見たことない筆記具で、伝票にサインした。運輸会社も見たことないヤツだ。伝票も複写式じゃない、受け取りはミシン目で切るヤツだった。

「ありがとうございました」

男性はもそもそと言って帰っていった。

なんだか気持ちが悪いけど、太宰先生への荷物だし……とりあえず、僕はそれをその場に置いた。

「先生、荷物届きましたけど」

返事をしたのは中原先生だった。

「バカのエンジンがかかったぞ」

「えっほんとですか」

「こいつみたいな原始人に、電源付き機器なんて無用だったんだ」

まさかそんなと思ったら、太宰先生はPPC用紙に鉛筆でガリガリ文字を書いていた。

集中しているときの顔とオーラで、こうなると太宰先生は何も耳に入らない。そして無理矢理集中を切らすと暴れて倒れて入院する。どこも悪くなくても金を積んで入院する。そして特別室でマスクメロンと生ハムとおかゆを美人の看護師さんに食べさせてもらうというバカバカしい日々を過ごすのだ。

僕は担当だし、一応この太宰先生は我がレーベルの稼ぎ頭の一人だからつきあっているが、仕事を離れたらつきあいたくない。

大体友達とかいるんだろうか。

中原先生は友達というのだろうか。

この二人がどういういきさつで、こういう間柄なのか僕はまだ聞いたことはないんだけれど、以前三人でバーで飲んでいたとき、

「友達なんですか？」

って訊《き》いたら太宰先生は、縋《すが》るような、憧《あこが》れの人を見るような目で中原先生を見て、

「うんっ、あのっ、えっと、そう、かなあ？」

って長身をモジモジさせながら言った。

中原先生は、千円札をカウンターに置いてものも言わずに帰った。

そんなわけで先生に今聞いてみた。

「中原先生は太宰先生といつからのつきあいなんですか」

「そんな長かないですよ。御社の……精神科医O《オー》のお仕事いただいてからです」

「あ、そうなんだ……」

「たまたま同じ町に住んでるんで、まあ、なんとなくねぇ。お互い独身だし。カラオケ行ったり」

「えー。どんなの歌うんですか」

「こいつは古いじっとりした歌ばっかですよ」

「中原先生は」

先生は少し考えて、目をぱちぱちさせて言った。

「まあいいじゃないですか」

「今度行きましょう」

「水羊さんお忙しいでしょ」

「なんとかなります」

ふと見たら太宰先生がなんだかがさがさしていた。

「どうしました」

「かくもの。かくもの」

投げ捨てられて足下に転がってきた鉛筆を手にとると芯《しん》が折れていた。

「予備くらいねぇのかよ」

「ど、どこか、に」

「シャープナーかカッターは」

「どっ、どこかな」

中原先生は舌打ちをして、太宰先生のお洒落《しゃれ》な家具類の引き出しを開けまくった。

「おい、何にもねぇぞこの部屋！」

「めっ、面倒くさくて全部捨ててる」

「あ！　お前国民年金支払い書手つかずじゃねえか！　払えよな！」

「め、めんどうくさくて」

「あっ所得税も！　おい差し押さえ通知きてるじゃねぇか！　明後日《あさって》までだこのバカ」

「な……中原君……僕のこと心配してくれてるんだね……？」

嬉《うれ》しそうに言う太宰先生を中原先生が躊躇《ちゅうちょ》なく蹴《け》ろうとしたのを僕が後ろから抱きついて止める。

「待って待って待って！」

「こっ、こっこ、このッ、この」

中原先生が涙目で言う。

「わかります、わかりますから！」

「うっう、うぐぅ」

「げっ原稿！　原稿かいてもらわないと」

「ううう」

「と、とにかく書くものです。でなきゃカッター。あっ僕コンビニ行って」

「ここらへん微妙にコンビニないじゃないか」

「流石《さすが》に十分あれば行けますよ」

かさかさと、音がしているのに気が付いて僕はそっちを見た。

廊下だ。玄関。

僕の様子に気が付いて、中原先生もそっちを見る。音が変わった。ザラザラカラカラと乾いた音がして、廊下に置いた箱の方から足下にまで、何かが波の様に押し寄せてきた。

「わ」

「ひゃ」

「あっ鉛筆だ」

太宰先生はそう言うと、何百本もある鉛筆の中から一本取って、椅子に座り直すと原稿の続きを書き始めた。中原先生が鼻の穴を膨らませて頷《うなず》く。

「よしよしよしよしよし」

僕も安心する。

「よかったあ」

「ところで鉛筆こんなにはいらんぞ」

「どこのですかね」

「なんの表示も飾りもないな。あの、金色の文字の入ってるヤツが俺はすきなんだ」

「僕は緑のが好きです」

「あれもいいね。これはなんだね、つまらんな。何もない。無垢《むく》のままだ」

「これはこれでナチュラルでいい気もしますよ。お洒落」

「水羊さん、ちょっと前ロハスって言ってたクチでしょう」

中原先生は鉛筆をひとつかみ拾い上げると、太宰先生の机の上に置いた。

「オーガニックって癒やされますよね」

「で、どういうことですかねこれは」

「さっき宅配便がきて、なんか変でしたね。アレかなあ」

中原先生はうっと息を詰まらせた。

「サインしました？」

「はい」

「はんこは」

「なんでか嫌がられまして」

中原先生は右の手の平に顔を埋めてそのまま天を仰いだ。

「えっとさ、その人なんか、臭くなかったです？」

「はい。なんか泥のにおいっていうか」

「……他に変なとこは」

「顔が長くてなんかにょろってしてました」

「……そうかい」

中原先生は考えに沈んで言った。

「ま！　いいかな！　俺ンとこに来たんじゃないしさ！　おい、鉛筆はもういいよ」

中原先生が言ったら鉛筆の雪崩が収まった。

太宰先生が書きながら言った。

「な、なんか、お、音楽、音楽かけてくれ。シャンソンだ。シャンソンが聴きたいぞ」

中原先生が吐き捨てる。

「バカが」

廊下から鉛筆を踏む音がした。

アコーディオンを弾きながら髭《ひげ》とタキシードの中年男が現れ、その後ろから線の細い、黒髪でピンクの服を着た女性がやってきた。二人とも外国人だ。

「……フランス人ですかね」

ぼんやりと僕が言うと、中原先生が答えた。

「シャンソンてぇんだからそりゃそうさ」

女性に微笑みかけられて僕は思わず言う。

「グーテンターク」

「ドイツ語だし、それこんにちはですよ水羊さん」

「えっじゃあなんですか」

「ボンソワ？」

女性が微笑んだ。

中原先生が手を差し出すと、女性は黒いレースの手袋をした手を差し出し、先生が手を取るのに任せた。中原先生は、女性の瞳《ひとみ》を見つめながら手の甲にキスした。女性は中指を少しあげて、指の背を中原先生の唇の下に押しつけた。

中原先生は微笑んで女性の手を放すと、アコーディオンが哀調のある曲を奏で始めた。女性が、雨粒のような声で歌い始める。春の花を打つ雨。けぶる都会。湿度のある歌声と複雑なリズム。

太宰先生は顔も上げずにガリガリ書いている。

「水羊さん、コーヒー淹《い》れましょうか」

「えっ」

「バカの効果でいいシャンソンが聴けてて、気分がいい」

言って中原先生は、足先で鉛筆を掘り返しながらコーヒーマシンに行き、横に置いてあるコーヒーカップを取って、コーヒーを二杯淹れてくれた。

その間も、シャンソンの歌い手といちゃいちゃと視線を交わし合ってる。

「酒があればいいね」

極上のシャンソンに酔った顔をして微笑む中原先生は、ムードのあるハンサムだ。背は低いけど、これだけムードとハンサムが両立していれば、問題ないと思うし、いっそものすごい長身の美人となんか凄《すご》く似合いそうだ。

「僕、一応仕事中ですから」

「一杯くらいいいじゃないか」

「先生こそ」

「ダメだよ、僕は酔うとたちが悪いし、また入院はゴメンだ」

「予後は如何《いかが》ですか」

「もう血を吐いてあいつに好かれるのは真っ平だから、大人しくしてるさ」

「太宰先生も役に立つんですね」

「ほんとだ」

中原先生はクスクス笑う。

突然太宰先生がぼそりと言った。

「エルブジのピンチョスが食べたい……閉店してしまったけど……」

僕と中原先生は凍り付いた。

「……どうします先生」

「……俺は食べないですよ」

「でもエルブジのピンチョスですって」

「エルブジで食べましょうよ」

「スペインですよエルブジ」

「行けばいいじゃないですか。今閉店してるけど、またやるんじゃないですか」

言っているうちにキッチンの換気扇が動く音がした。調理の音がする。陽気な鼻歌も。

「シェフにご挨拶《あいさつ》しにいきますか水羊さん？」

中原先生がニヤニヤ言う。

「いや、いいです……」

肉や魚の焼ける匂いがして、ゴクリと唾《つば》を飲み込む。

シャンソンは景気のいい歌になっていた。歌い手の美女が小刻みに揺れて、ドレスの裾《すそ》がふくらはぎの上でちらちらしている。

やがて、まあ、多分スペイン人のコックがご機嫌な様子で鉛筆を踏みしだきながらピンチョスの皿を持ってきた。

「オーラ」

と挨拶されて中原先生はオーラ、と返し、僕は咄嗟《とっさ》に言葉が出ずに会釈だけした。

机の横にピンチョスの皿が置かれ、一ロサイズに切られ、食べやすい様に串《くし》が刺さった美しいピンチョスを太宰先生は鉛筆を止めずにあっという間に食べた。

コックは頷くと皿を持ってキッチンに消え、洗い物をする音がして、換気扇の音が消えた。

「お疲れ様でした」

「でしたー」

僕と中原先生はキッチンに向かってそう言い、僕は太宰先生が機械みたいに書いてばさばさ落としていくPPC用紙を拾ってまとめ、文脈で理解できる限りページ数を書き込んでいく。

「今どれくらいですか」

中原先生が覗《のぞ》き込んでくる。

「四百字で五十枚ってとこですかね」

「相変わらず改行しねぇなあ」

「読みやすいようにこのあとご提案して、対処して頂く形ですね」

僕はパラパラと原稿を読む。

「悪筆だなぁ野郎」

「僕よりマシです」

中原先生に答えて僕は苦笑する。中原先生は驚いたように言う。

「出版社なんて、大学出のエリートの行くとこでしょ？　さんざん、小学校とかで僕ら、字が綺麗《きれい》でなきゃいけないって言われましたけど」

「同僚みんなきったねぇですよ、字」

「水羊さんエリートですもんね」

「周り中エリートなもんで、そんな感じもしないです。逆に言えばエリート人生しか知らない井の中の蛙《かわず》でお恥ずかしいです」

「めっちゃ嫌みったらしいですね」

にこっと言われて僕は腹の底が冷えた。

「俺中卒ですよ」

「えっ中原先生そうなんです？」

「女性関係でごたついちゃって」

「なるほど」

「……なるほど？」

また微笑みながら言われて、失言を悟る。頭をフル回転させてなんとかなにか言う。

「あっえっと太宰先生ピンチョス食べましたけどあれよかったんです？」

「呼び出したのも受け取ったのも俺じゃないからいいんじゃないですか」

どういう事ですかと訊こうとしたら太宰先生が呟《つぶや》いた。

「おばあちゃんに逢《あ》いたいな……」

中原先生が目を剝《む》いた。

「まずい」

「え」

「あっいや、まずいことはない……のか？」

「え」

「いや、あの、野郎の御祖母《おばあ》様……亡くなって……」

「え」

廊下の方から音がした。

シャンソンとアコーディオンの音を越して、ゆっくりとなにかが鉛筆を踏んで歩いてくる。

「太宰！」

中原先生が鋭い声で言う。

「やっぱり逢いたくないって言え！」

ちゃらり、チャリ、と鉛筆を踏む音。ゆっくり、ゆっくりとだ。

僕は凄くイヤな気分だ。

見たくない。

逢いたくない。

「なんだよ中原君こわい……やっぱり逢いたくない、これでいいの」

太宰先生が言って、中原先生が両手を広げて言った。

「いいとも！」

廊下での気配が消えた。

僕は身体全部から酸素がなくなるような息を吐いた。

「中原先生、すごい……」

「犬に！　しつけをする要領だな！　うん！　やってみるもんだ‼　うん！　犬の方が賢いが！」

中原先生はそう言って、何度も頷《うなず》いた。

僕たちはハイタッチをし、その間もプリンターの様にざくざく出てきていた原稿を僕は拾ってそろえてナンバーを打つ。

筆が乗っているときの太宰先生の文は本当に凄い。色気もあって素晴らしい。匂い立つような文章の数々を僕が読者さんに紹介できるかと思うとゾクゾクした。

「う、う、心臓が、苦しく、なってきたぞ」

太宰先生は言い、僕の横で原稿を読んでいる中原先生が視線も上げずに言った。

「がんばれおもしろいぞ」

「やったああああああああああ！」

太宰先生はそう言うと倍の速さで書き出した。もう、プリンターより速い。

それが一時間ぐらい続いて、また太宰先生が言った。

「どうしよう指の皮膚が裂けて血が出てきた」

「汚れても別に平気ですよ。そのまま印刷するわけじゃないし」

「痛いのはいいんだけど、ぬるぬるするんだ。邪魔なんだけどこれ」

「手当てしていいのか」

中原先生が言う。太宰先生が答える。

「その暇やだな」

「だろ」

黙ってしばらく時が過ぎた。シャンソン歌手は控え目にまだ歌っている。

「ああ、完成原稿がここにあればいいのに」

太宰先生が言った。

太宰先生の机の上に何かが落ちた。

ＵＳＢメモリだ。

太宰先生は気がつかないし目もくれない。

中原先生はＵＳＢメモリを手にして言った。

「ここに完成原稿がある。どうする？」

太宰先生は手を止めずに言う。

「多分それには君が描いた表紙の完成原稿も入ってるわけだろ」

中原先生はふっと笑って、ＵＳＢメモリをゴミ箱に捨てた。

僕はどうも思わず、二人の動作を見詰めた。

太宰先生は呟く。

「そこにあるもんより、今から仕上がるもんのほうが、面白いに決まってる」

太宰先生は笑ったが、その笑顔はなんだか悪鬼のようだった。

でも、僕はやっぱりどうも思わなかった。だって多分本当にそうだから。

中原先生は自分の鞄《かばん》からドローイングペンとスケッチブックを取り出して、何か描きだした。僕は原稿を読む。タブレットとキーボードで打ち込む。

シャンソン歌手はずっと、美しい声で空間を満たし、アコーディオン奏者は全員の集中の邪魔にならない音楽を選んで奏でていた。けれどやがて集中力の向こうに音楽は消えてしまう。

日が昇る頃、気が付くとシャンソン歌手とアコーディオン演奏者はいなくなっていた。

鉛筆もなくなっていた。

PPC用紙は残っていたけれど、字は消えていた。血はそのままだった。

誰も驚かなかった。

なんとなくそうなんだろうなと思っていたからだ。

僕はPCの入力データを確認する。

「……入力は残ってますけど最後のほうは間に合わなかったですね」

太宰先生は乾いた血を揉《も》んで皮膚から剝《は》がして言う。

「いいよ。さっきよりもっといいシーン思いついた。カンファレンスのシーンから書き直す」

「あっバッチリです。その辺もたついてる印象はありました」

中原先生はあくびをして、スケッチブックをソファーに置いた。

「俺、コンビニ行ってくる。水羊さんも行こう。腰ごっりごり」

　太宰先生は視線も上げないので、僕と中原先生は連れだって外にでた。

　さわやかな春の朝だ。濃い緑が光を反射して、まだ冷たい朝の空気が気持ちいい。

　でも徹夜だから眩《まぶ》しいしつらい。

　駅へ急ぐ出勤する人たちは僕たちを追い越して早足で歩く。

　コンビニに着くと、適当に食料と鉛筆削りと鉛筆と消しゴムを買い物籠《かご》に入れ、飲み物も適当に買って帰る。

　帰りは駅に向かう人たちと逆に歩く。

「先生、あれなんだったんでしょう」

　あくびしながら言うと、先生が答えた。

「太宰のファンがいるんだろ。差し入れなんじゃないか。でもまあそれにしちゃあタチがいいというか……取引が成立してないというか」

「取引？」

「こんな、一方だけに有利なもんではないはずなんだ。もっと色々あるはずなんだが」

「えっ太宰先生一人にしてよかったんですかね」

「だって腹減ったしよ」

　中原先生は肩をすくめた。

「それに、あるとしたら水羊さんだ」

「えっ」

「受け取りに署名したんだろ」

やっちまったよな。

っていう目だった。

もうそれは助けてやれねぇっていう。

僕はわけがわからなくて困惑したけど本当のことを告げた。

「しましたよ。太宰って」

言ったら中原先生は目を剝いた。

「あったりまえじゃないですか。太宰先生のとこへの荷物ですもの」

中原先生はニヤッと笑った。

「なるほど！　それじゃ不成立だ。水羊さんが自分の名前サインしてねぇならな」

なんだか解らないけど僕も笑った。

「昨日のシャンソン歌手美人でしたね。歌も素晴らしかったなあ」

「キッスも他の事も大変素晴らしかったね。さすがパリのマドモワゼルだ」

今度は僕が中原先生を目を剝いて見詰める番だった。

「いつのまに⁉」

中原先生は僕を横目で見て、それはそれは色っぽく微笑んだ。

「そこって問題かい？」

五月の朝のさわやかな風と光。

胸の奥まで洗われるような清潔な空気が一気にただれたような気がした。

部屋に戻ったら太宰先生が原稿を書き上げて倒れていたので、中原先生がその口に肉まんを突っ込んであげていた。

肆《し》

入稿しましたお疲れ様でした！　ありがとうございます！　と、メールしたら太宰《だざい》先生から電話がかかってきた。

「それだけなのかい」

「えっ」

「玉稿《ぎょっこう》を賜《たま》わしたわけだよ僕は」

「はあ」

「それをさ？　なんだい、それはテンプレートなの？　どーせどいつにもこいつにもおんなじように言うんでしょ？　ありがとうございまーす！　なんってさ？」

「言いますよそりゃ」

「水羊《すいよう》さん、君ね、僕を特別扱いしたまえよ」

「はあ」

「僕がこんなに君を見込んで、働いているというのにだぜ？　君はてんでつれないんだもの」

「あっそれ。平塀舎《へいぺいしゃ》の名堀《なぼり》さんにも言ったでしょ」

「えっ」

「名堀さんと先日飲む機会がありましてね」

「あいつめ……」

「名堀さん純なんだからやめてくださいよそういうの。それで、なんです？　入稿祝いに一席設けましょうか？」

「なんで投げやりなんだい」

「一席設けますって」

「中原《なかはら》君も誘ってくれたまえ」

「もちろん。店探してきますから」

「高いところがいい！」

「ま、それなりのところで」

「水羊さん、君さあ」

　という会話をして、社内にいろいろ通して、今日太宰先生と中原先生を伴ってきたのはけっきょく三鷹《みたか》の懐石料理店だった。

裏道に入って、門をぐると大きな木や植え込みがある。玉砂利の敷かれた小道を少し歩いたところに玄関があり、中に入ると座敷に通された。

太宰先生は座るなり言う。

「なんだいロブションとかじゃないのか」

「先生が和食がいいって言ったんじゃないですか」

「そうだっけ。それになんだい、こんな近場でさ」

「先生が都心はやだって言ったんでしょう」

「だって中原君が車に乗っけてってくんないって言うから」

「電車は」

「きらいだ」

子供か。

「中原君はお手洗い?」

「はあさっき」

言ってたら中原先生が戻ってきた。

「あっお帰りなさ……」

やたら渋い顔をしていると思ったら、もう一人、男性が入って来た。

目の大きいふさふさとした黒髪巻き毛の美男子で、仕立てのいい三つ揃いに、赤いアスコットタイをしていた。少しやりすぎのような気がしないでもないその洒落《しゃれ》た出《い》で立ちが、全く嫌みでなくぴたりとはまっている。

大海を泳ぐ魚、あるいは龍《りゅう》のような悠々としたありようで、彼はいつもいる。原稿お願いしたい。彼が言う。

「ほうほう、太宰君に、ええと君はどこの」

「水羊と申します。先生には以前何度かご挨拶《あいさつ》を」

「やあ失敬！　いかんねえ僕は人の顔を覚えなくてさ」

彼は僕の隣に腰を下ろす。

「つきあいのある店の女の子と来たのだけれども、こちらの方が面白そうだから料理をこちらに運んでもらうことにしたよ。僕はここの記事を書くので来たのだ。いやはや、食通に対する需要はいつの時代も尽きないものだね。月の連載が十本を超えてしまってさ。我ながら気が弱いというか人がよすぎるというか。いかんね、こんなことでは。そうだ、来月評論の新刊も出るのだよ、是非君たち読みたまえきっと勉強になる。そこの掛け軸、なかなか見事じゃないかね。あれは初夏の句であるね、なかなかの書家の運筆だ」

「僕、あなたが嫌いなんだ。出て行ってくれませんか」

太宰先生がズバリと言った。まあそうだろうな。人の話を聞かないで自慢をして、勝手に自分の行動を決める自分より売れてる作家なんか、多分太宰先生は嫌いだ。僕は原稿頼みたいけど。中原先生は苦虫を噛《か》みつぶしたような顔で座っている。

「おや。太宰君。どうした？　僕を嫌いなひとなどいないよ？　君より僕が有名だからって嫉妬《しっと》することなんかないんだよ？　大抵の作家より僕は売れているのだし、才能だって段違いだ。大丈夫、大抵の人はそうだから」

自信満々に彼はそう言い、さらりと障子を開けて入って来た女将《おかみ》に微笑みかけた。

「失礼いたします」

女将は座敷に入ると正座して手をつき、頭を下げた。

「本日は当店へおいでくださいましてありがとうございます。お飲み物のご希望なんか、ありましたら今うかがいますね」

彼は笑って鷹揚《おうよう》に言う。

「んん、なにか料理に合う日本酒を出してくれたまえ。それからあとは後で考えよう」

「そうですねぇ、いい味の日本酒ございますから、お出ししましょう」

「ん、お薦めをどんどん持ってきてくれたまえ。そう僕は鱧《はも》が好きでね。今は季節じゃないけど。そういう口に合うものを」

中原先生が言った。

「俺は酒はやめてるんで遠慮してくれ谷崎《たにざき》さん」

「へえ！　この食通谷崎潤一郎《じゅんいちろう》に向かって、さすが売れっ子の中原君だ。なに、君は飲まなくていいよ」

「匂いもダメなんでやめてくれと言ってるんだ。特に日本酒はいけない」

「なァんだよ、君。もっと豪傑だったろ？　いいじゃないか一杯ぐらい？」

さすがに僕も身を乗り出して言う。

「谷崎先生、やめてください」

女将が微笑んで退出する。さすがだ。もうすこしヒートアップしたら、板長を出して挨拶ついでに睨《にら》みをきかせるつもりだろう。

中原先生がゆらりと立ちあがって帽子を被《かぶ》る。

「帰る」

スパンと襖《ふすま》を開けて肩に上着をひっかける後ろ姿を谷崎先生はほれぼれと見上げた。

「ああ……君はいい男だねぇ」

「あァ？」

中原先生が谷崎先生をぎろっと睨み下ろした。

「ッざけんじゃねぇよ。俺《おれ》ァ手前《てめ》ェなんざ大《で》ェッ嫌《きれ》ェだ。鱧でもなんでも山ほど食って痛風にでもなりやがれ」

外に出て、中原先生は手首のしなりで襖をまたスパンと閉めた。

「いやあ、いいねぇ！　きいたかい、素敵な啖呵《たんか》だァ……ゾクゾクするようだね。いい男だねあれで背が高ければね惜しいねチビなんだもん」

頬を紅潮させて谷崎さんは言う。太宰先生がぼそりと言う。

「告げ口するぞ」

「ほんとのことだろ。それで君はちょっと長すぎるよ」

「高い、だろ。身長は」

「長いでいいんだよ。印象だからね」

二人の間に火花でも散ったような様子だった。こわいこわいと僕はすこし肩をすくめる。

太宰先生は立ちあがる。

「水羊さん、僕も帰るよ。しらけてしまった」

「なんだよ一緒にご飯食べようよ。淋《さび》しいじゃない」

谷崎先生は柔らかくそう言う。

「それに、この間の君の本よかったよ」

「えっ」

太宰先生はぺたりとその場に座り、谷崎先生にすり寄った。

「精神科医O《オー》のやつ？」

「ううん？　その前の売れてなかったやつ。あれ僕好きだなあ。冒険心があってとてもスリリングだった。爆発してた。最後のねぇ、展開には驚かされたよ。あの静寂に満ちた大地での、霜との出会い。君が丹念に張った伏線はああ展開されるんだねぇ。よかったよ全体としては地味だけど」

「えっもっと褒めて？」

「いいよ。あれはタイトルから実によかった。地味だったけど。装幀《そうてい》も素晴らしかったね。地味だったけど」

「うんうんあれねぇ、装幀は水羊さんのアイディアで」

「なかなかやるねぇ。よかったよー地味だけど」

巻き込まないで欲しい。

「でしょうー？　レイアウトとかもねーちょっと僕が口出して」

「そこはどうでもよかったかなー地味だし」

「そんなことないよー」

「そうだねゴメンねそんなことないねー地味だったけど」

なんだろうこの茶番。

面倒だからやめて欲しい。

そりゃあ谷崎先生と言えば、雑誌にも新聞にも寄稿しているし連載も持っていて、ゴールデンタイムのグルメ番組にも出てる有名人だから、こう褒められたら太宰先生なんかころっといくだろう。

わかりやすい。

とっとと帰ってしまった中原先生を賢いなあの人と思いながら、僕は料理を待つ。

また、スパンと襖が開いてなんだと思ったら、ジャケットのポケットに両手を突っ込んで鼻に皺《しわ》を寄せた中原先生が立っていた。

谷崎先生と太宰先生の声が揃う。

「おかえりなさい中原君！」

「っせバカ」

見下されて谷崎先生が目を輝かせる。

「はあぁ、かっこいいねぇ中原君」

「でしょう、中原君かっこいいんですよぅ、身長が足りないだけで」

「そうだねぇチビだねぇ」

にこにこと人の身体特徴をからかう二人に、中原先生は冷笑をぶつけた。

「あんたらだって、言うならひょろ長ゴリラとギトギトに脂の乗った冬鰻《ふゆうなぎ》食べ過ぎた狸じゃねェか。ご自分達はダビデ、アドニスのつもりかよ。滑稽《こっけい》もいいとこだバカバカしい」

谷崎先生が目を丸くして太宰先生に向き、口元を両手で押さえて笑いを堪《こら》えながら言う。

「ひょろ長ゴリラ！」

太宰先生も同じようにして言う。

「冬鰻狸！」

そしてゲラゲラ笑う。

お料理まだかかな。

「中原先生、忘れ物ですか。戻ってきたってことは」

「そうじゃねぇけど仕方ねぇじゃねぇか、来たときより千倍長い廊下に女のバラバラ死体があるんだもん。俺の靴はその先だ。裸足《はだし》じゃ帰れねぇ」

太宰先生と谷崎先生が手を取り合って、同時に言った。目を輝かせて。

「バラバラ死体⁉」

谷崎先生が言う。

「僕脚が欲しいな！」

太宰先生が言う。

「黒髪の血の似合う美人かい⁉」

僕はスマホを取りだして、これ初めて押すなと思いつつ緊急電話をタップした。

「もしもし、警察ですか。殺人です」

太宰先生と谷崎先生がなんてことするんだとばかりに僕を見てる。

知るか。国民の義務だし。ここは法治国家だし。めんどうは丸投げするに限る。そのための税金だ。

だが電話の返事は、安心させるような警察官のそれではない。少し甲高い感じの、でもゆっくりした声で。

「すみませぇんンお料理今出ますぅ」

イヤだなあと思ってスピーカーにして言う。

「もう帰りたいんですけど」

「すみませぇんンお料理今出ますぅ」

「あの」

「すみませぇんンお料理今出ますぅ」

中原先生が溜息《ためいき》を吐《つ》いて顎《あご》を上げる。

「なんか、水羊さんと太宰といると、こういう怪異が多くねェか」

「僕としては中原先生と太宰先生と、ですよ」

谷崎先生が大きな黒い目を輝かせる。

「そうなんだ、いいね！　僕交ぜてもらって面白いなぁ。今度また呼んでくれたまえ」

太宰先生が四《よ》つん這《ば》いで這ってから立ちあがった。

「僕バラバラ死体見に行こうっと。めったに見られないしさ。水羊さんも行こうよ」

「僕も行こうよいしょっと」

谷崎先生も立ちあがる。

僕も立ちあがる。

うきうきと廊下に出て行く二人について行く。横を通ると座っている中原先生が呟《つぶや》いた。

「吐いても知らねぇよ」

「あの人たちだけじゃ大惨事ですよ」

「ソレもそうか。よろしくな。俺ァもうめんどうくせぇや」

言って中原先生は座敷にごろりと横になる。

「帰れそうになったら言ってくれ。あ、料理は食うなよ」

「わかってますよ。でも谷崎先生は食べちゃいそうだな」

おお、と中原先生は眉《まゆ》を上げる。

「それいいな！　谷崎先生の感想は聞きたいな」

「料理、ほんとに来るのかなァ」

「期待してるの？」

「はい、谷崎先生の感想を」

中原先生が声を出さずに笑った。

「見ておいでよ水羊さん、バラバラ死体。確かに、滅多に見られないさ」

僕は言う。

「そういう時代と地域に生きてて本当に幸せです」

「太宰のバカだの谷崎さんだのは多分そうは思ってねぇぞ」

疑問に思って僕は振り返る。

「あなたは？」

中原先生は畳の上に仰臥《ぎょうが》して、顎を上げて逆さに僕を見た。笑いながら。

「どうかな？」

中原先生の真っ黒な黒目と、やたらと白い眼球と、白い歯になんとなくゾッとした。

視線を振り切って、廊下に出る。

磨き込まれた廊下だ。で、来たときより明らかに長い。消失点が見えない。

襖《ふすま》がずらりと並んでいる。

透かし欄間の向こう側から、笑い声や話し声の宴席の気配がする。

三味線の音や歌も。

少し歩くと襖が開いていて見えているのは谷崎先生の尻《しり》だ。しゃがんでいる。

太宰先生の声もする。

あろうことかはしゃいでる。

「すごいですねほんとにバラバラだ」

「引き裂いたんだねえこれはねえ」

「ああ、靴下に血がついてしまいました」

「まあいいじゃないか」

「まあいいけど」

「この子、谷崎先生がつれてきた子でしょ」

「そうそう。僕のガールフレンド」

「え、困らないんですか？」

「おおお、見てくれ太宰君、ハンカチで拭《ふ》いてあげたら綺麗《きれい》になったよ」

谷崎先生は、うきうきと女性の脚を両手で持った。千切られた皮膚が垂れ下がっている。

僕はイヤな気持ちになる。

人としてっていうか。

太宰先生は息がかかりそうな距離で死体を観察している。

僕は太宰先生の肩を叩《たた》く。

「不謹慎ですよ」

「いいじゃんべつに。こんなの幻だもの」

太宰先生は平然と言う。

「解ってるのに観察してるんですか？」

「本物だったら観察しませんよだ。不謹慎じゃん」

嘘だ。

「……まあするかもしんないけどさ」

「ですよね」

「まあよくできてはいるよ。ただちょっと」

「え」

太宰先生はすごく難しい顔をして言った。

「ストッキングが今時じゃない」

「────はあ？」

タタタタン、と一斉に襖の開く音がした。

ざわざわとなんだか変なものが太宰先生を取り巻く。太宰先生は気が付いていないようだ。動物っぽいのが服っぽいものをぼんやり着てるのはまだいいが、黒い蜘蛛《くも》みたいなのと、昆虫ぽいものがなんか……なんだあれ……なんかを……巻き付けてるというか背負ってたりとか……なんだあれ……のとか無理だった。うろ覚えで絵の下手なものに「人間ぽいのってどんなの」って描かせたらこうなるんじゃないかなっていう群で、そういえばこういうの我慢がならないタイプのひとがいたな……と思ったら座敷の方からどかどかと足音がした。

「形態模写をしてソレに近づこうとするのであれば、観察と模倣から始めろバカ野郎────！」

やっぱり。中原先生ほんとにこういうの嫌いだよね。知ってる。

「なんッだ手前《てめえ》らァ！　作品に愛のないコスプレか⁉　とりあえず参加したいだけてェんなら大人しくテーマカラーだけで集まれコンセプトから間違ってる‼　敬愛する気持ちが

ねぇんなら模倣などすんじゃねぇバッカ野郎――――ッ！」

太宰先生がストッキングを引っ張りながら言う。

「谷崎先生、その脚どうですか」

「八十点てとこだよ。まあでもこの子はなかなかがんばってる」

「そうですかねぇ。ストッキングが着圧じゃないんですよねぇ。こう、つまんでひっぱってもパチンて戻らないんだ。アレ好きなんだけど」

「着圧ばっかでもないよ。足首のとこに皺《しわ》ができるじゃない？　アレもいいもんだよ」

「僕はねーああいうの好きじゃないんですよねぇー。だらしないでしょう」

「だらしなさとエロティシズムは隣接した関係なんだよねぇ」

人間の真似をしてる感じの奴らが必死で聴きいってる。もぞもぞしながらうごめいてて大変居心地が悪い。

中原先生が言う。

「あーもう面倒ッくっせぇや！　採点、意見してやっから並べェ！」

言って、どかりと廊下に腰を下ろす。

ザザザと音がして、そいつらは大人しく並ぶ。真ん中の方で何かケンカしている。

「揉《も》めた奴ァどっちもいちばん後ろに並べ！」

公開討論と、マンツーマン授業だなと僕は思う。僕はやることがないからもう一回スマホの緊急電話パネルを押した。同じ声が出た。

「すみませェンお料理今出ますんでェ」

「責任者出して下さい。先生達に御礼出さないと僕が怒りますよ」

「すみませェンお料理今出ますんでェ」

「責任者に代わってください」

「すみませェンお料理今出ますんでェ」

「ここでうんこしますよ」

　黙った。

「しっこもします」

　黙ってる。

「いやなら、責任者出して下さい」

　谷崎先生は興が乗ってきたようで、滔々《とうとう》と持論を展開している。太宰先生も悠々とそれについていっている。さすがだ。

　谷崎先生の博覧強記に裏打ちされた表現力は、時々調子にのった間違いを揶揄《やゆ》されたりするけれど、その間違いではない部分の知識と独自の華やかな表現力の前にはそんなものは瑕疵でしかない。太宰先生は知ったかぶりも得意でもあるが同時にものすごい見栄っ張りでナルシストでもあるから、解らないことは忘れないで調べる。調べていくうちに枝葉的に知らない事が出てくるのでそれも調べる。そしてとても不思議なことに、日常の些事《さじ》——締め切り日だとか支払日だとか、約束の時間とか場所とか——は忘れるくせに、一度覚えた知識を先生は忘れない。花の名前もギリシャの名作も、全部覚えてる。

でも締め切りは忘れるので僕が足繁く三鷹に来る羽目になる。

電話に出てくれないので。

メールも見ないので。

スマホは電源きって置いてあるし。

ところで谷崎先生と太宰先生は、脱線して今は宋《そう》の時代の詩の構成について話している。

すごく面白い。

中原先生は、面倒見よく一々言ってやってる。

「すみませェンただいま参りますゥ」

僕は電話の先に言う。

「ズボン下ろしますね」

「はあは、ご勘弁くださいよ」

変に皮膚のべっとりした、目が離れてついている、なで肩の中年男性が現れた。スーツを着ている。僕は通話を切る。

「いちおうここ料亭でござんすもんでねぇ、そういうことされちゃたまりませんや」

「……僕らは、ここに来たくて来たんじゃないもんで」

「今、ここにいらっしゃる限りはお客様でござんしょ。店のルールは守っていただかないと」

「来たくて来たんじゃないんだ。帰してください」

「そんな、今お料理でますんで召し上がっていただかないと」

「帰るったら帰ります」

押し問答だ。まずい。よくないパターンだ。

なで肩は頰をピクピクさせている。

僕はすごくむかついたので、ベルトに手をかけた。自分の。

「わあああやめてやめてやめて」

「うるさいなあ、しますよ！　もう！」

「よくそんな下品な事ができますね！」

「僕には先生方を無事に帰すつとめがありますので」

僕だって帰りたいしお腹も空《す》いたし、編集部戻ってやんなきゃいけない仕事あるし。明日《あした》の朝一で印刷所にぶっこまなきゃいけない版がみっつあるからそれを見ておかなきゃ。あと有給申請しなきゃ。たまってるもんな。有給とれたらなにしよう。家で寝よう。

ふと、熱い視線に気が付いたら三人の先生達が全員僕を見詰めていた。

「水羊さん……」

太宰先生がウルウル目で見る。ひょろながゴリラ。

「こんど御社に書くよ」

「やったー！」

ありがたいです冬鰻狸《ふゆうなぎだぬき》。

「知ーらねぇよォ、そんな啖呵《たんか》切っちゃって」

啖呵のつもりもないんですが、低身長色男。

「と、とにかくそんなわけなんで、僕たちをここから帰してください」

「でも」

店主が言うのに、谷崎先生が言った。

「そうだ！　サインしてあげよう」

「えっ」

店主が谷崎先生を見た。

谷崎先生はポケットから油性ペンを出すと、ずかずかと座敷の奥の床の間に上がりこみ掛け軸を見た。

「二束三文！　なんだばけものども、けちるんじゃない、雪舟《せっしゅう》、牧谿《もっけい》、吉山明兆《きちざんみんちょう》あたりを見せてくれてもいいじゃないか！」

ははははと笑って、先生は掛け軸にでかでかと、自分の名を書いた。

「ずるい僕も書く！」

太宰先生が言って立ちあがると谷崎先生は油性ペンに蓋《ふた》をして投げ渡した。

太宰先生は近くの襖《ふすま》にざざっとサインをし、中原先生にペンを投げ渡した。

「ほら！」

「おう来た」

中原先生は、そのペンを受け取ると、僕らの目には何をやってるか解らない、短い線を同一方向に放射状に描いていく。

ある程度描いたら、隣り合った線の間を円弧でつないで見事な菊の花が現れた。

迷いのない線で茎と葉を書き込んで、サイン。

ばけものたちがどよめく。

いつの間にかバラバラ死体も起き上がって拍手をしていた。首と胴体はくっついていたほうが見えやすいらしく、乗っけていた。

太宰先生が目をらんらんと輝かせて目の離れた主人に言った。

「主人、さあ、たっぷりと興行は打って見せたろう。これ以上はなにもでないよ。僕らは腹が減ったぞ。作家だけなら冒険もできるが生憎《あいにく》お目付役がいるんでね」

僕のことだな。

そしてこのひとたちは多分もしかして戻れなくなろうが、出されてしまえば出された膳《ぜん》を平らげるだろう。おもしろそうだから。まあ中原先生は横で見てるかも知れないが。

「――――では、ご主人はお疲れのご様子！」

朗々と響く声で谷崎先生が言いだす。主人は慌てる。

「ちょっとお客様」

「我々客筋が音頭を取るなど筋違いも甚だしくはありますが、まずはこのたび、一丁締めにてお開きといたしましょう！」

谷崎先生の豊かさ。

文化と豪奢《ごうしゃ》と知性と知識と体験が織り成す豊かさ。

そしてなぜだか、屈託のない明るさは、多分自分で言った「僕を嫌いなひとなどない」

という認識から来ているのだろう。
その気持ちで生きていられるのなら、屈託なんかしないだろう。
素晴らしいことだ。
魅力的だ。
好き嫌いは別にして。
「では皆さん、御手を拝借！　よぉい、せーの！」
パン。
手のあるものは全員が手を打った。
僕も打った。
周りが元の座敷に戻った。
襖も閉まっている。
何となく全員がもそもそと座布団に座り直した。
「失礼します」
声がかかって、襖が開けられる。
着物姿の中年女性が正座して頭を下げている。先ほどの女将《おかみ》だ。
「まずはこちら、アルコール０％の食前酒と前菜をお持ちしました」

谷崎先生が言う。

「すまないね女将わがままを言って」

「とんでもない。どうぞ楽しまれて」

配膳《はいぜん》の係の、和服姿の女性達が漆塗りの膳を持って入って来る。

太宰先生が、自分の前に膳を置いた女性に微笑む。

「ありがとう」

女性の頬に、刷《は》いたような朱がさした。

「ごゆっくり」

と彼女は言って退出し、僕たちは乾杯して、食事をとった。

美味《おい》しかった。

さっきのはなんだったんだと誰も言わなかったし、どうでもよかった。

谷崎先生の蘊蓄《うんちく》はとても面白かったが、途中で中原先生が、

「うるっせぇよ味覚の邪魔だ！　ちったァ黙ってろィ！」

とキレて谷崎先生はニコニコしていた。

「中原君は怒った顔がとても美しいね」

と言われて、中原先生は水をグイグイ飲んでいた。

中原先生の分の食前酒は太宰先生が黙って飲んでいた。アルコール0%といっても、飲まないと決めたと言っていた。

帰ろうとすると、下足番が声をかけてきた。

「お客様、こちら」

と三巻の巻物を差し出してきた。

「なんです」

「時々あるんでございますがね、下足箱の中に湧いてございましたんで」

なんとなく全員で得心する。

彼らのお礼だ。

「どうすんの水羊さん」

嬉《うれ》しそうに太宰先生が言うから、

「任せますよ」

と、返す。

「……まあ、これは拝見せずにこちらに差し上げます」

年老いた下足番は悠然と微笑む。

「承りましょう」

巻物を下足箱の上に置き、下足番は言う。

「そこ、入ったところに小さな祠《ほこら》がありまして」

「はあ」

「なぜか鯰《なまず》が祀《まつ》られております。由来は存じませんが」

なるほど。

鯰。

鯰か。

なで肩の離れ目の。髭《ひげ》があった方がわかりやすかったけど。

太宰先生が言う。

「ごちそうさま。美味しかった。今度ストッキングお供えに来ますね」

外に出ると、遠く三鷹《みたか》の駅のアナウンスが聞こえた。

気持ちのいい風が吹いていた。

伍《ご》

三鷹というのは古い町だが同時にお洒落《しゃれ》な個人店が点在している町でもある。

菓子店、コーヒー店、紅茶店、雑貨店など。

それぞれが好きなように好きな事をしていますというのがよく解る店が、昔からの店やコンビニや住宅の間に挟まるように点在している。

もちろん入れ替わりも激しい。

以前は額縁店だった店舗が、カフェギャラリーになった。

その店主は僕たちがよく知る人物の細君で、もうすぐそうではなくなるはずの女性だった。

『新人展』

とポスターの貼られた扉を押して、中に入る。吊《つ》られていた鈴が鳴る。

外は暑かったが、中はクーラーが効いていて快適だ。

広くはない店内には丸テーブルのセットが三つあって、横に設けられたスペースに絵が飾ってある。

僕と太宰《だざい》先生は、中から出てきた女性に挨拶《あいさつ》をする。

背が低くて、太い眉《まゆ》で多い黒髪を後ろで一つに縛っている。ゆったりしたリネンのワンピースを着て、白いエプロンを着けていた。

太宰先生はポールスミスのTシャツに皺《しわ》をよせて礼をした。

「どうも」

僕もそれに倣う。この陽気だから、僕も開襟シャツにチノパンだ。

「どーも」

長沼《ながぬま》さんはぺこりと頭を下げた。

「お二人わざわざありがとうございます。ゆっくりしてらしてください」

太宰先生が言う。

「おいしいコーヒーとケーキがいただけるそうですね。ネットでも評判です」

「あら、こわい。何を書かれてるのだか。見ませんよ」

僕は頷《うなず》く。

「それがいいですよ」

太宰先生が言う。

「このあと檀《だん》君が来るはずです。席をとっておいていいですか」

長沼さんが、奥で水を用意しながら言う。

「どうぞどうぞ」

「中原《なかはら》先生は誘ったんですか?」

僕が訊《き》いたら太宰先生が早口で小声で答えた。

「入院してる」

なんだか沈痛な様子だった。

「彼のツイッターに書いてあった……僕には何も言わないで……水くさい……心配だ……

大丈夫だろうか……また血を吐いたりしてないだろうか……」

「血を吐くとこ見たいだけでしょ」

「そんなことはないよ……」

太宰先生は黙った。

流石《さすが》に悪かったかなと思った。

「それだけってことはないよ」

半分はあたりみたいだった。

「検査入院でもう退院してますよ。今朝メール来てましたよ」

「なんで⁉　ツイッターでさっき、入院しましたって書き込みが」

「ツイッターの書き込みがほんとで即時書き込んでるってほんとに思ってるんですか？」

「だってツイッターだよ⁉」

「はい」

「インターネットだよ⁉」

「はい」

「ほんとのことを即時、オンタイムで書き込んであるもんじゃないのか⁉」

「本気で言ってます？」

心配になる。

「うん」

ピュアか。

「あのね先生。ほんとじゃないかもしれないし、今のことじゃないかもしれないっていう、幅をね？　持って考えなくちゃいけないでしょ？　わざわざ嘘は吐《つ》くもんじゃないけど、だからって全部ほんとじゃないかもしれない。この、かもしれないって思う気持ちが大事。ね？」

「なんだ水羊《すいよう》さん僕に向かってえらそうに」

「えらそうにもなりますよ。小学生か。辞書で抜いてるレベルのアレですよ」

「なんでそんな事すんの中原君は」

「知りませんよ」

女性関係だろうけど。

「えっじゃあさあそれならそれでなんで中原君は僕に本当のことを連絡してこないの」

「嫌《きら》わ気を遣ってるんじゃないですか」

「今何か言いかけたよね!?　たよね!?」

「嫌われてるんじゃないですか」

「言い直すのそっちじゃなくないかなあ!?」

長沼さんが僕たちの前に水と小さなケーキを出してくれた。

「今の子も辞書で抜くの？」

平然と言われ、メニューを差し出される。

「やっぱり風情があるわね、そういうの。うちのお薦めはブレンドコーヒーですけど、キリマンジャロもおいしいですよ」

　太宰先生が首をすくめて、

「じ、じゃ、僕、それ……」

　と言い、長沼さんが、

「どちら」

　と言う。

「ブレンドでお願いします」

　と太宰先生が呟《つぶや》き、僕も言った。

「僕自家製ジンジャーエールください」

「はい。ケーキこちらサービスです。ほかのものもありますからどうぞね。軽食もできますよ」

　僕たちは同時にありがとうございますと言って、長沼さんは奥に引っ込んでいった。

「あ、あのー！　絵を！　みせていただきますね！」

　僕は言って立ちあがり、画廊に向かう。

　太宰先生もついてきた。

「す、水羊さん。長沼さんってあんなんでしたっけ」

「ご、ご離婚前は違いましたけど」

「ああ、でもまあ」

太宰先生はぷっと笑った。

「面白いですね」

言われて僕も思う。

「そうですね。お元気になられたってことじゃないですか」

「あ、これ。この小さいの」

「あっ綺麗《きれい》だな」

「いいなあこれ。小品っていえばそうだけども、トイレに飾りたい」

「それ、私が描いたんですのよ。よかったらどうぞトイレに飾ってください。お値段書いてますでしょ」

長沼さんが、ジンジャーエールをテーブルに置いて言った。

太宰先生がギクシャク振り向く。

「あの、悪気ではなく」

「嬉《うれ》しいですよ」

長沼さんは太い唇を微笑ませた。

「トイレは安らぐところですから」

「はあ」

「コーヒー淹《い》れてきますね」

長沼さんはまた奥に戻って行き、僕は絵をまた眺めた。

新人展と銘打っているだけあって、全ての作品が新人っぽい。とても仕事を頼めるレベルじゃない。でも、いい。ぶかっこうだが美しい。

「俺が俺がほんとうるさいな。絵が」

太宰先生が言う。

「なんにも新しくないのに自分こそ大発見したみたいなさ。うるさいよ」

僕は苦笑する。

「それでも、若いっていいもんですよ」

「そうかなあ。うるさいよ」

「大体太宰先生だってまだお若いじゃないですか」

「僕の作品が新人っぽいって言いたいのかい」

うわっめんどくさい。

「いつも素晴らしいですよ」

「心がこもっていないよね」

めんどくさいから話を変えようとする。一枚の絵を指さす。

「あっこの絵なんかいいじゃないですか。どこの街角」

でしょうね。

と。

言ったら絵の街角にいた。

線で描かれているだけのイラストっぽい町だ。基本は青っぽい灰色っていうか灰色っぽい青っていうか。

「ああっめんどくさい……またこのパターンか、僕もう三鷹に来るのやめようかな」

太宰先生が言う。

「おいおい三鷹のせいなの？」

「わかんないですけど、担当かえてもらうわおおおああああああ！　先生！　線だけになってます！」

太宰先生は、アウトラインだけ取った姿になっていた。なんか少し昔のフランスの漫画とかみたいなやつ。

「あっ、水羊さんもー！」

指さされて笑われる。

僕は自分の姿を見おろして思わず声が出る。

「ううわー！　ううわー！　なんだこれ！」

線になってる。

「おおっよく動くぞ！　僕！　僕の線よく動くぞ！　うわっなんだこれ、お洒落《しゃれ》アニメみたい！　アッねぇ。水羊さん」

「なんすか」

イヤな予感がした。太宰先生はワクワクした顔で僕を見てる。

「バク転して」

「なんで！」

「この線だけのやつで動いてるの見たら面白そうでしょ。ばーくーてん！　ばーくーてん！」

手を叩《たた》いて囃《はや》し立てる太宰先生を僕は睨《にら》み付ける。

「ヤですよ！」

「いいじゃん」

「んもーなんでこんなことにーいっつもいっつも太宰先生のせいだー」

「心外だなあ僕からしたら水羊さんのせいだぜ？」

「僕太宰先生といるときだけですしこういうの！」

「あっ」

太宰先生がハートマークつきそうな声で言った。

「……な、なんですか」

「あのほら漫画で怒るときに出るヤツ出た」

「ええええ⁉」

「このへんに」

と太宰先生は僕の頭上の空間をふわふわと撫《な》でた。

へえー……。ちょっと面白い。

「……太宰先生なんか思いついてください」

「あっ電球出したい！　電球！　えっとーえっとー！　だめだ、ひらめかない」

先生は倒れた。

「感情表現もオーバーになってるみたいですね。あっすごい先生顔に縦線入ってる。すごい」

「カリカチュアライズされた天才……フフ、滑稽《こっけい》だね」

「まあ日本の漫画ですねこれね。マーベルのとかバンドデシネこういうのあんまないもんな。ゼロじゃないにしろ。あったっけかなぁ」

「スルーかい？　今の発言はスルーなのかい？」

「肌感覚はあるなあ」

「スルーなのかい？」

空を仰ぐと月があった。満月だ。綺麗だ。

「どっちにしろ、ここにいたって埒《らち》があかないや。先生少し歩きましょう」

反応を見るのが面倒くさくて、僕は歩き出す。

「えっ待って待って」

先生は早足で付いてくる。

町もおおむね線で描かれている。時々、面でべったりと色を塗ってあるところもある。夜空と、流れていく雲だけがとても写実的だ。本物みたいだ。それでできて動く影もすごくリアルだ。アニメーションだとするならピクサーとかあんなんだ。

風もあるし、温度も感じる。線で描いてあるけど、道ばたに草なんかもある。

でも人がいない。気配もない。音もない。

少し歩いて行くと細い路地に入る。

出る。

視界が開けた。

長い階段の上だ。遠くに武甲《ぶこう》の連山が見られる。

ハッブル望遠鏡の写真みたいにびっしり、もうもうと夜空に張り付いた星を切り裂いて隠してしまって山が横たわっている。


階段は石とコンクリートでできていて、手摺《てす》りはオレンジ色だが色あせて汚れ、割れ目は小さな草花に侵食されている。

その階段の下には家があって、灯《あか》りが漏れている。

そこで誰かが動いていたので、僕と太宰先生は早足で階段を下りた。

風がびょうと耳元で巻く。草の匂いがする。眼球が乾く。

僕たちは肉体を単純化されているのに感覚だけがそのままだ。

「すごいな」

太宰先生が言う。

「なんです」

「ちゃんと足が疲れてきた。どうなってるんだ」

「乳酸のシステムがちゃんとあるってことですかね」

「僕たちは、僕たちの身体の事ですら、よくはわかっていないんだよな」

太宰先生の足音。

「学問は進んで、いろんなことは解ったけど、研究者や学者がいうことを、僕自身はよくわからないままに、僕という存在は僕という肉体を稼働させている。僕という存在の精神も未知である。これだけ他者の因果律に支配されていても僕は僕である」

太宰先生は呟《つぶや》く。

「納得いかないゲームを始めさせられてしまったね」

「それは、今の状況にたいしてです？　それとも」

「もちろん、生まれてきたことに対してだよ！　他人が決めたルールを遵守しなくちゃいけないだなんて、はやくこの星も、世界も、宇宙も粉々に砕けてしまえばいいのに！」

「先生」

「なんだい」

「自殺はしないでくださいよ」

太宰先生は返事をしなかった。

階段を下りきった。

灯りのついた家の玄関は開け放たれていた。

沢山の描きかけの絵と彫りかけの彫刻と原稿用紙があった。

どこから光が来ているのか解らない部屋で、その部屋の全てはタッチが違った。

全てが色彩豊かに塗られていて、印象派の絵画のようだった。

その中で一人の女性が絵筆を手にしてカンバスの前で座っていた。

「これじゃあだめだわ。絵が売れないわ。お金を返さなくちゃいけないのにどうしたらいいでしょう」

床に影があった。本人は見えない。

「どんなに貧乏をしても、きみの絵の具だけはきらさないよ」

「そのお金をあなたが持ってきてくれるの」

「きみは、身を飾らない方が美しいよ」

「お化粧をするきもちになんかなれないわ。お金がないの。あなたが約束したお金はどうなったの。わたしはとても惨めな気持ち」

「芸術の前にはお金は」

「お金を返さなくちゃあいけないの。今月のお家賃もないの。いったいどうしたらいいの」

「僕は天才なのだ。ご覧この作品を」

「すごいわ。すごいわ。わたしあなたについていくわ」

「お金のことはわすれよう」

「そうね、そうしましょう。あなたの天才が世に認められさえすれば必ずなんとかなるわ」

「そうだ。それは君のおかげなのだ」

「なんという完全」

「なんというすばらしいこと」

目の前で繰り広げられる会話劇。

僕はうんざりして太宰先生に言った。

「太宰先生」

「ん？」

「どうですこれ」

「どうもこうも、甲斐性のないアート系のヒモとATM役の女性じゃん」

「ですよねぇ」

「約束は守れよな」

「それ先生が言うかな」

「締め切りは忘れるだけだから」

「毎日取り立てに来てるのに！」

「一瞬前の出来事など、うたかただ……」

顎《あご》を絶妙な角度にあげて太宰先生はかっこつけるが、まあかっこいいんだけどどうでもいい。

「締め切り守って下さい」

「守れる締め切りを設定してくれたまえよ」

「先生うちの看板ですから刊行点数あげたいんですよ」

「えっ、もっかいいって」

「刊行点数」

「その前」

「うちの看板ですから」

「あっそおー？　やっぱりー？　そんなことないよー？　いやいや」

めんどうくさい。

「で、先生はこの人達についてどう思います」

「別にどうも思わないけど、このままだと女が死ぬか、男が女に殺されるか、女が他のだれかを殺す」

「どっちがいいです」

僕の言葉に太宰先生が考える。

口元が不謹慎にニヤニヤしている。

「そうだなあ。宇宙人に二人でさらわれるんだ」

「へえ」

「そこでは一切の価値観が違うわけだ。宇宙の国では。どう違うかは金出してくれるなら考えるけど」

「出ません」

「考えないけど、価値観が違うんだ。何もかも。天才は天才ではなく、守られる立場も守る立場も違う。天地がひっくり返るような価値観の濁流に二人を突っ込んでみたいねぇ」

先生はにやにやしてる。

電球マークが出ないってことはひらめいた！　ってほどのことじゃあないんだろう。

確かにこの話はプロットとしては大いに陳腐だが、太宰先生の価値観のとらえ方とひっくり返し方と、どういう文章になるかにはとても興味がある。

天才と呼ばれる人は何を書いてもある程度違う。

その人のキャリアの範囲でばらつきはあるにしろ、面白くない面白いでいったらもう面白い。

天分ってこわい。

まれに、すごくがんばって、面白い方法論に当ててくる人というのはいる。それはそれですごい。

で、太宰先生のはやっぱり面白い。

他の人には書けないものを書く。

良くある話なのに、まるで初めて読むような驚きがある。

けれどそれは太宰先生の場合、お話の筋によるものというよりは文章自体のおもしろみによるものなので、よほどの映像監督でないと撮っても面白くない。

そんなわけでドラマにもアニメにもなってないわけだけど、先生はそれがいたくご不満だ。

どうせやったらやったでうるさいくせに。

ところで、目の前の会話劇の影の人だが、僕も太宰先生も彼のことを知っている。

文壇で重く扱われている詩の先生だ。彫刻家でもある。彫刻の方はまだあまり売れてはいないが評価はされはじめている。

父親がものすごく有名な、日本のランドマークに立ってる偉人の像とかをぱかすか作っている彫刻家で、でもそんな父親の世話にはならないと反発して家を出て云々《うんぬん》。

「さてと」

太宰先生がコートの内ポケットに手を入れて何かを取りだした。

僕はそれを見てぎょっとした。

「何する気ですか‼」

「いいでしょこれ。行きつけのバーでさ。レトロい。知ってる？　ブックマッチ」

確かに最近あんまり見ない。

昔はどこでも配ってたっていう、ブックマッチ。

本型にした台紙に挟まれて、紙の軸に発火材をつけたものがあってこれがマッチになる。

太宰先生は、骨の太い、関節の目立つ指でマッチを一本千切って、台紙で挟んで台紙を引っ張って火をつけた。

残りのマッチにも火を燃え移らせて、ブックマッチを会話劇をしている二人にむかって投げる。火はあっという間に燃え広がる。

二人は慌てる。

「きゃああ」

「火事だ、火事だ」

「たいへんだわ」

「なんということだ。火を消してくれ、火を消してくれ」

「あなたもやって」

「火を消してくれ、火を消してくれ、なんてことだ」

「あなたなんてことをしてくれるの」

女性が太宰先生に向かって言う。

線画の太宰先生はニヤニヤ笑う。

「僕はあなたたちの状態を可視化しただけだよ」

僕も言う。

「そうですよ。それにどうせこれは終わったことなんです」

「そうだよ、終わったことだ」

太宰先生は、女性に笑った。

「がんばりましたね。偉かったですよ」

女性は、そう言われてふらりと影から離れた。

「今、わたしのこと、褒めて下さいました？」

「はい」

「わたし、がんばりました？　えらかったです？」

「とても」

「ほんとう？」

「本当ですとも。さあ、お化粧をして、綺麗《きれい》な服を着て、おいしいものをたべて、音楽を聴いて踊って、陰口をたたかれてしまうぐらい楽しく生きてしまいましょう」

「でも彼は」

「あなたはあなたの力になるべきです。他の誰でもなくあなたの」

太宰先生は女性の手を取って言った。

線の太宰先生と色彩の女性。

「あなたはあなたの味方で、あなたの為《ため》の人生をあなたは生きる。そうするのだと、世界にしらしめなくてはならないのです」

「それは素敵ね」

「素晴らしいことです」

「素晴らしいことね」

「それがあなたの芸術です」

女性は息を呑《の》んだ。

「それがあなたが現実に成立させなくてはならない芸術です。それは必ずや世界を変える。確かに世界を変えてしまう芸術なのです」

「わたしに美の才能はないのです」

「バカなことを」

先生は女性を抱き締めた。

火は燃えている。

影は動かない。

「あなたにはたしかに美の才能が備わっている。新しい考えを導き、呼び込み、固定させ、人類の進歩をかならず進める、人生全てでそうしてしまう素晴らしい美の才能は、たしかにあなたに備わっている。同時に醜さもある。弱さもある。それも美しさでもある。どれを手にするか、一瞬ごとに決断をせまられる。あなたは、どれを選びますか」

女性の服の裾《すそ》に火が燃え移る。あかあかと、女性が火に包まれる。

女性はその火よりも遥《はる》かに激しい目の色をして、朗々と宣言した。

「では、美しさを、強さを、幸福を！」

「素晴らしい。踊りましょう」

太宰先生は女性を愛《いと》おしげに抱き締めて、自身も火に包まれながら軽やかにワルツを踊った。

大きな滑るような動きで踊った。

火は舐《な》めるように世界に広がり、影も僕も呑み込まれた。

眩《まぶ》しい。

あつい。

ワルツのステップの靴音が、世界全ての天球を打つ。

かちゃん、と磁器の当たる音。

「コーヒー置いておきます」

コーヒーの香り。
静かな空間。
燃えていない世界。
ガラス越しの光は夏の乱暴な明るさで、奥のキッチンではお湯の気配。
長沼さんは洗い物をしている。

世界は燃えていない。
道路を自転車が行く。

低速で軽自動車も行く。

蟬の声。

「コーヒー飲みましょう」

太宰先生を促す。

「ジンジャーエールが薄くなってしまったんじゃない？」

太宰先生に言われて苦笑する。

「悪い事をしました」

「お替わりを頼んで」

「お昼も食べましょう」

僕たちは席に戻る。飲み物を飲む。食事を注文する。他にお客が二組来る。みんな美味《おい》しい飲み物と美味しい食べ物を楽しむ。

長沼さんは丁寧にいろんな物をつくり、少々無愛想に客の相手をする。

客は絵を見たり客同士で歓談する。

「これおいしいですね」

若い女の子に媚《こ》びるように言われても長沼さんは微笑まない。

「他のもおいしいです」

やることをしてしまうと、奥に引っ込んで本を読んでいる。

さっきの女の子が食事を終えてしまうと、さっき僕たちに出してくれた小さいケーキを、

「どうぞ」

と出した。

女の子は友達とはしゃぐ。

しばらくして、女の子たちはケーキを追加して食べる。喋《しゃべ》る。

会計の時に長沼さんがおつりを渡して言う。

「あなたその頬紅綺麗ねぇ」

「えっほんとですかー‼　安いんですよ‼　ドラッグストアのやつを二色使いしててえー」

「あってもねでもね、おねーさんにはこっちのがいいと思う。あのね、化粧動画あるんだ。雰囲気あるかんじになるー」

「わたしほら、なんか目元とか重いでしょう。頬も少し高いし。あなたの感じいいわねぇ」

「えー！　いいよおねーさん全然かわいいよ‼　ムードあるからいっそその感じ生かして、

あっあった。みてみて」

女の子は長沼さんにスマホの画面を見せる。しばらく三人で無言で覗《のぞ》き込んでいる。

「あら、すてき」

「でしょー！　おねーさん似合うとおもう！」

「やってみるわ。ありがとう」

女の子たちはお金を支払って笑いながら出て行った。

長沼さんは微笑んでいる。

指先を頬に載せて、滑らす。

さっき見た塗り方をなぞっているのだろう。

長沼さんはさっきの女の子達のように若くはないが。

どこか今時ではない感じがするが。

グラビアやTVの女性達のようではないが、独特の美しさを持っている。

長沼さんはふとつぶやいた。

「太宰さん、水羊さん」

僕よりはやく先生が答えた。

「はい」

「もし、わたしがねぇ。あの人と別れないでね。あのひとに看取られて死んでしまったら、あのひとはとてもすばらしいものを書いたと思うのよ。あのひとは天才なんだもの。悲しみの中から涙を粒にして磨いてビーズの様に煌《きら》めかせる。素晴らしい天才なの」

僕は粛々と頭を垂れる。

「存じてます」

「わたし、しぬべきだったのではないのかしら」

長沼さんは、カレーに人参は必要だったかしら？　というような調子で言った。

「それはないなあ」

太宰先生はあっさり言った。

「あのひとの天才はそんなものではないですよ。何がないからとか、何がどうだったからだとか、そんな物で作品は生まれない」

太宰先生はあの目をしていた。

絵の中の世界で女の人がしていた激しい目。

「なにがなくてもそれは生まれてしまう。なにがあってもそれは生まれてしまう。あのかたの天才を心から信じるのであれば、あなたはせいせいと幸福になるべきです」

長沼さんは微笑む。

「なんの悲劇がゆえんだから素晴らしい作品が生まれたなど、才能のないものが言うことだ。石川《いしかわ》君なんかデイトレードで大成功してドバイで贅沢三昧《ぜいたくざんまい》しているのに」

「太宰先生、弊社《へいしゃ》のドル箱へのディスはそこまでです」

「あー、御社のだっけ」

「はい」

「贅沢三昧しているのに貧乏人にすごい支持されてるって言うパラドクス」

言った。

止めたのに。

「天才や、才能や、使命や、天分は、そういうものです。あのひとはだいじょうぶ。これからも素晴らしい作品を物になさるかたです。あなたはあなたの芸術を、心ゆくまでなさるがよろしい」

長沼さんは微笑んだ。

その微笑みはとても独特だった。

ああ、燃えている。

この人の中で世界はごうごうと燃えさかっている。

それがわかる微笑みだった。

世界は燃えて変わってしまうのだ。

この人のなかから燃えて変わってしまうのだ。

「まずは、わたしはわたしを彩るわ。いろんな仕方を考えてね。ずっとそういうことが、したかったの」

長沼さんはテーブルから皿を下げながら言う。

「そういう、ありきたりなことを、自覚を持って誇らしくするの」

磁器の当たる音。

窓から光。


「わたし、口紅を塗るのよ」

陸《ろく》

三杯目の飲み物を頼んだとき、長沼《ながぬま》さんが言った。

「ところで檀《だん》さんまだなんですの」

僕はスマホを手にして画面を見て息を吐いた。

連絡が無い。太宰《だざい》先生がメニューを見ながら言う。

「ねぇ僕が一緒って言った？」

「言いましたよ」

「じゃあ絶対来るよ、檀君は僕のこと大好きだもん」

「でも中原《なかはら》先生と檀先生は仲よくないじゃないですか」

「なんでそこで中原君出てくるのさ」

「最近一緒のこと多くないですか。中原先生と」

言ったら太宰先生は、照れくさそうにフッと笑って窓の外を見た。

「いかんね、僕は男性にもモテる。人間力？　そういったものがあふれ出ているのだ」

「わたしはタイプじゃないです」

長沼さんがあっさり言った。

「ふふん、長沼さんはそうかもしれないね。あの先生がタイプなんであれば、僕のような都会的な」

「あのひと東京《とうきょう》生まれでしてよ」

「そういうことじゃなくてですねー」

中原先生がここにいたらすごくメンドクサイから、いなくてよかったなあと思った。

「先日聞きましたけど太宰先生円山町《まるやまちょう》のガールズバーで、檀先生置き去りにしたそうじゃないですか」

太宰先生が陶酔した顔で語りだした。

「聞いてくれ、水羊君《すいようくん》……あの事件で僕は大傑作を思いついたんだ。置き去りにするほう、されるほうの葛藤《かっとう》を……置き去りにするほうの苦しみを……」

「太宰さんあなた、檀さんに謝ったの」

長沼さんが言った。太宰先生が肩をすくめる。

「謝りましたよ、もちろん」

「それでそのあと、檀さんに又お金借りたか何かなさったでしょ」

「ちがいますよ！　檀君のコンスタンタンを酔っ払って質に入れちゃっただけです」

僕は額を押さえた。

何やってんだ。

「コンスタンタンてなに」

長沼さんが言う。僕は答える。

「腕時計です。すごく高いんですよ。檀先生の宝物で、どなたかの形見だったんじゃないかな」

「まあ、そんなのを質に入れるとかクズね」

「クズですね」

「檀君は許してくれたもーん！」

「そうやってあなたはダメになっていくのよ」

「檀先生も檀先生ですけど、太宰先生自身いい大人なんで、自制とか。自律とか」

「わたし知ってるわよ。こういうひと、周りに甘やかされて迷惑かけて最終的に一人になってしんでいけばいいのになんだかんだでいい感じでしぬのよ」

「ひどいよ長沼さん！」

「その腕時計どうしたんですか結局」

「受け出したよもちろん」

「よかった」

と僕は溜息《ためいき》を吐《つ》いたが長沼さんが訊《き》いた。

「誰が」

「えっ」

「誰が受け出されたんです」

太宰先生が何を訊くんだといった顔で返事をする。

「何をいうんです、当たり前じゃないですか、檀君ですよ！」

「うわあ最低だ」

僕はつい言ってしまう。

「一体どれくらいかなあって興味でやったら、かなりの額がついてね」

長沼さんの視線が冷たい。

「あっ勿論《もちろん》お金は全額檀君に」

「あたりまえです」

全くもう、なんてひとでしょ、と長沼さんは奥へ戻って行った。

「今日は来ないですかね、檀先生」

「来るよ、僕がここにいるんだもん」

「連絡してみましょうか」

「いいよいいよなりゆきでさ」

言われて僕は手に取ったスマホをテーブルの上に戻す。

窓の外がさあっと明るくなる。

雲が晴れた。

道路が輝く。

行き交う人たちを照らす。

三鷹連雀《みたかれんじゃく》の道は狭い。

犬を連れた人たちが行く。

僕たちは長沼さんのカフェでお茶をして、檀先生を待っている。

ふと、勝手に唇が動いた。

「太宰先生」

「うん」

窓の外からのあかるさで、太宰先生も輝いて見えた。シンチレーション。じゃないや、なんだっけ。埃《ほこり》がキラキラするヤツ。アレ。

「あのねぇ、死なないで下さい」

「えぇ?」

太宰先生が驚いて笑う。コーヒーを飲もうとして空なのに気が付く。まだかな、と長沼さんの方を見る。

「なんでそんなこというの」

「あの、なんていうかな……」

上手《うま》く言えない。

僕文才とかないしな。

「あのねぇ」

なんだか太宰先生がクズなのにキラキラしてるこのライティングがいけない。

はやく太陽に雲がかかればいいのに。

いいのに。

「残された方はたまったモンじゃないんですよ。檀さんとか、かわいそうだ」

「僕がまるで」

すっと暗くなる。

太陽に雲が。

雲が。

「まるで、早晩死ぬような」

暗い。

「檀君を残して死んでしまうような」

店のなかに灯《あか》りがない。

長沼さん、灯りを。

灯りをつけて。

あなたの火を。

あなたの火を世界に持ち出して。

店の中が暗いんだ。

「そういうことを」

店の中が暗い。

まるでこれでは水の中。

「君は言うんだね」

暗い冷たい水の中だ。

まるで息ができない。

それでも生きていたくない。

苦しい。

水が暴力的に身体を巻いて沈める。

どすんと何かに身体が当たって最後の息が抜ける。

誰かと一緒だった。

はずだ。

苦しい。

痛い。

身体が水に翻弄《ほんろう》される。

凄《すさ》まじい勢いでいろいろな物にたたきつけられる。どうしようもない。暗い。何も見えない。冷たい。痛い。暗い。自分で何もできない。暗い。暗い。暗い。暗い。暗い。

音楽が鳴った。

僕の好きな音楽。

「うわあ君着信それにしてるの？　やだやだ。僕そのバンドだいっ嫌い」

太宰先生が憎々しげに言う。

「いいでしょ別に。あっ檀先生だ。はい水羊です。どもども。あっはい。はーい。はーい。

中原先生いませんよ」

僕はドキドキしながら電話する。

なんだったんださっきのイメージは。

まるで水死する直前みたいな。

雲が過ぎたみたいで、店の中はまた明るくなっていた。

長沼さんがコーヒーを淹《い》れて出してくれた。

客が入って来た。一人ですけどいいですかと長沼さんに言う。

檀先生は電話の向こうで話している。僕は聞いている。遅れてしまってどうの。

扉が開いて誰か入って来た。

中原先生だった。黒のシャツを羽織って、中に臙脂《えんじ》のタンクトップを着ている。太宰先生を見て呟《つぶや》く。

「あれ、なんだ。茶ァしてこうとしたのに手前《てめ》ェがいるんじゃイヤだな」

「なんか今中原先生きました」

んじゃ行かない、と言われて電話を切られた。

僕は眉根《まゆね》を寄せて中原先生に言った。

「中原先生、檀先生に何かしました？」

「べぇつにぃ」

中原先生は帽子をとって、席を見回したが、空いている席はない。

太宰先生がにこにこと、僕たちの席の空いている椅子を指さす。

中原先生は、奥にいる長沼さんに、

「ブレンドください！」

と腹立たしげに言って、椅子に座る。

「中原先生、檀先生に何言ったんですか」

「別に何も言ってねぇよ」

言った。

この感じは絶対言った。

中原先生は居心地悪そうにニヤニヤしている。

「だって、檀先生と待ち合わせしてたのに中原先生来たって言ったら来ないって」

「何言ったの中原君」

「言ってねぇよ」

メールが届いた。

開いた。檀先生からだ。読んで言う。

「中原先生、檀先生に、この太宰の腰巾着野郎《こしぎんちゃく》って言いました？」

太宰先生がニコニコした。

「あっ言いそう中原君言いそう」

「言ってねぇよ」

「だって檀先生言ってますよ。だから中原先生に会いたくないんですって」

「チッ。なんでぇ腰抜けめ」

言ったんだ。

「檀君僕のことだいすきだもんねぇうふふ」

「いっつもいっつもベッタベッタベッタベッタ」

「中原君」

太宰先生が真剣な顔で言った。

「嫉妬《しっと》はよくないよ」

中原先生が冷静に言った。

「長沼さん一万出すから生ゴミ買わせて」

「いやです。太宰さんにぶっかける気でしょ」

「はいそうです」

「いやです。はいブレンド」

長沼さんは中原先生の前にブレンドを出した。いい香り。

「で、檀のヤツァ結局来ねぇのかよ。俺、これ飲んだらすぐ帰るからいいんだぜ」

「電話出てくれないのでもうムリかなあ」

僕はしょんぼりする。原稿お願いしたかったんだけどな。太宰先生がキリッとした声で言う。

「中原君、それで、検査どうだったの？　いつ頃吐血するんだい？」

「しねぇよバカ」

「あ、そうですよ」

「水羊さんまでやめて下さいよ」

「吐血じゃなくて、検査ですよ。大丈夫です？」

「今日検査して今日結果出ないでしょ」

　イヤそうに言われる。

「ああ、そうなんですか……」

「さては水羊さん健康ですね」

「はあ」

「よかった」

　言って中原先生はコーヒーを飲んだ。

「よかったですか」

「当たり前でしょ。知ってる人に死なれちゃ、やっぱりイヤです。ましてや水羊さんとはお仕事してるんですし」

「僕もですから」

　なんだか胸が苦しい。さっきの太宰先生のイメージのせいだ。多分そうだ。

「僕も、中原先生が健康だと、いいです」

　中原先生は僕をじっと見てから笑った。

「普通に息できるってのは、実にありがたいもんです」

「感謝しときましょう、僕も」

太宰先生がスマホを出していじってる。電話をかけた。イヤな予感しかしない。

「ねーねー檀君ーこないのー？　おいでよ、僕遊びたいなあ君と。久しぶりでしょう？

あっ昨日《きのう》飲んだっけ？」

「ごちそうさん」

中原さんはコーヒーカップを置いて財布を出す。

「いいですよ、僕持ちます」

「いいですよ。打ち合わせでもねぇのに」

「ちゃんと検査に行って偉かったですね。ありがとうございます」

行ったら中原先生の顔が赤く染まった。

「い、いや……あっあったりまえだし」

「僕も検査行くから！　行くからね水羊さん」

太宰先生が鼻に皺《しわ》を寄せてだだっ子みたいに言った。

「あ、お願いします。本当はお金出して差し上げたいくらいなんだけど僕だけの裁量じゃ
何とも」

中原先生が笑う。

「そりゃそうですよ。取引先なんですから」

「いやァ、でも」

唐突に知らない声がした。

いつの間にか僕らのテーブルにもう一人いた。

今時の若者らしい、ひょろ長い、脱色した金髪のパーマをかけた、赤い縁の眼鏡をかけた男だった。

「お客さんたちって、好きじゃないですかそういうの」

中原先生が言う。

「誰だお前」

「あっご挨拶《あいさつ》まででしたっけー。水羊さん紹介して下さいよ」

紹介。

紹介って。

誰だっけ。

「升《ます》くん」

だ。そうだ。

「えっと、弊社の、えっと」

「升と申します」

と、升君は名刺を出した。

「あっ編集部って言っても、なんていうか、営業、とか販売でもあってそういうリベロ的な役割を僕はしてるんですけれどもぉ」

名刺を太宰先生も中原先生も受け取らなかった。

升君はテーブルの上に名刺を置いた。

「あの、名刺。交換。フツーしますよね。えっと、おいときますんで。ないかなー、常識とか」

太宰先生が顎《あご》を上げ、人差し指で顎を撫《な》でながら言った。

「で、なんだって？」

升君は、微笑んで首をかしげて言った。

「ん？　なんでしたっけ？」

「さっき何か言いかけてたろ」

「たろ、って、タメ語ですかー！　いやははは、さすが、作家の先生ですね！」

中原先生の目が据わる。升君は調子を変えない。

「自由だなー！　さすが！」

「さっき何か言いかけてたろ？」

太宰先生は重ねる。

店にいた客が一組精算して帰る。長沼さんが食器を片付ける。

「あっ、イヤお客さんってほら、病気を押して書いた、とかそういうの好きじゃないですか！」

「……俺が病気だったらよかったってそういう話か？」

中原先生が言う。

「あっそーじゃない、そうじゃないんですけどォ！　もちろん！　でもほらTVとかで特集組まれやすいんで！　そういう話題！　そしたら本が売れるじゃないですか！」

面白くなさそうに中原先生は笑った。

「はは」

「売れないと話になんないでしょ、結局。話がいいとか悪いとか、面白いとか面白くないとか、そういうのわりとどうでもよくて、話題性が大事なんですよね、ほら、僕ら提供するほうとして、そういうの敏感にならざるを得ないでしょう。ねー。悲劇性って話題性ですよやっぱり！」

僕の後ろに長沼さんがいて、水のコップを持っていた。

「どうぞ、水羊さん」

と渡してくれた。

まだ水あるのに、と思ったが受け取った。長沼さんはなぜか、もう一方の手にモップを持っていた。僕は我ながら自然な流れで、升君の背中に水を流し込んだ。

「うっわ冷てッ！」

升君は立ちあがって叫んだ。

店の中にいたもう一組のお客さん達はどうやら常連らしくて、驚いてはいたが落ちついていた。

「なにすんですか水羊さん！」

「いや、それはこっちの台詞《せりふ》だよ升君」

「は⁉」

「謝りなさい」

「へ⁉」

「失礼だろ」

妙に平坦《へいたん》な気分だった。現実感がなかった。

「なんだよ話題って。なんだよTVって。話がいいとか、悪いとかどうでもいいって」

短く息を吸って、言った。

「いやしくもそれが編集者の言うことか？」

「ぼ、僕はさっきも言いましたけど編集者ってわけじゃなくてリベロ的な」

「百歩譲ってそうだとして、だからっていって、そういう思想で仕事をしてんのか？」

「だって現実問題そうじゃないですか。内容はともかくTVとかネットで話題になるかどうかで」

「あれは注目されて読まれて面白いからああなるんだよ」

「つまんないのもあるじゃないですか！」

「あるさ。だからどうした。それが売れてくれたらそれはそれでいいんだ。そしたら面白いものを書いてもらう力になるから、それはそれでいいんだ。でもだからって」

「いいよ水羊さん」

止めてくれたのは中原先生だった。

「太宰のバカがめっちゃニヤニヤしてるからもういいよ」

「ふふふ、意気に感じるなあ」

太宰先生はすごく嬉《うれ》しそうだった。

僕は立ちあがると、限界まで腰を折って頭を下げた。

「本当に申しわけございません。社内での教育を徹底しますので、先生方にはどうぞこれに懲りず」

「いいよ別に。僕たちこういうの慣れてるから」

　太宰先生がひょうひょうと言う。

「そうですよ。よく言われることです、こんなの」

　中原先生も言う。升君が言う。

「そうですよ！　だってほんとうのことじゃないですか！　みんな言いますよ！」

「出て行って頂けますか」

　スパッと言ったのは長沼さんだった。

「お水、拭《ふ》きたいので」

　升君は傷ついた笑いを浮かべる。

「えっだって僕こんな濡《ぬ》れてるのにひどくないですかそれ」

「だから、出て行ってほしいんですけど」

「えっお客様は神様でしょ」

「店に迷惑かける神様がいますか」

「僕のせいじゃないでしょ」

「わたしのせいでもないわ」

「そもそもあなた何も注文してないですから。お客様でもないですから」

僕は立ちあがる。

「長沼さんすみません、お勘定これで」

と財布から一万円出してテーブルに置いておく。長沼さんが言う。

「あとでおつり取りにきてください。でないと会社に封書で送りますよ。郵便法違反をしますよ」

「はい、必ず取りに来ます。お騒がせしました。升君出るよ」

「えっ、だってひどくないですかこの店。最悪」

升君の腕を取って僕は店の外に出る。暑い。蟬が鳴いてる。狭い歩道だ。店から少し離れたところで言う。

「升君、君どういうつもりなんだ」

「べつに。ひどい店だなほんと」

升君はスマホを取りだして、店の写真をとった。

「書き込みして拡散しよ……」

僕はカッとしてスマホを取り上げると地面にたたきつけた。

「酷《ひど》い店だな」

升君は半笑いになる。

「……なんだっけ、これ犯罪じゃないですか？　器物損壊？」

「あっ水羊さんだめじゃんうっかり落として」

太宰先生の声がしたので振り向いたら太宰先生がニヤニヤ立っていた。

「あーっ水羊さん手が滑りましたね」

中原先生もニヤニヤ言った。升君が慌てる。

「えっ、今たたきつけましたよね？　人のスマホ！　ねぇ！」

「イヤあれうっかりだろう。なあ中原君」

「うっかりだったなァ、太宰」

僕も言う。

「ごめんね升君。うっかりしちゃって。弁償するから」

言って僕は升君のスマホを拾う。

「あとで、会社で渡すよこれ」

「もう、なんなんだ……！」

「先に編集部帰ってて。おつかれさま」

升君は何か言いたそうにしていたが、なんども振り返りつつも肩をいからせてずぶ濡れのまま駅の方に歩いて行った。

見送って太宰先生が言う。

「水羊さん、あれなんなの」

「すみません……」

「あれはねぇずっとずっとふるいものです」

突然聞いたことがない声がした。

知らない紳士が立っていた。帽子を被《かぶ》って、着物に靴を履いている。

太宰先生も中原先生も驚いていて、太宰先生が中原先生にゼスチャーでこの人誰？　と聞いていて中原先生が知るかよ俺が聞きてぇよとゼスチャーで返していた。

「ああどうも、私あの、ちょっとあっちの方の河童《かっぱ》なんですけど」

紳士がそう言って調布《ちょうふ》方面を指す。

えっと、なんかでかい植物園とかお寺さんとかあるほうだ。

それからご丁寧にも帽子を取って皿を見せてくれた。

「あっすごい」

太宰先生が皿をつつき、中原先生に思い切り手をはたかれていた。

「つつかんでください、デリケートゾーンですんで」

河童が言い、太宰先生が言う。

「これは失礼を。あのー、僕の好きな人が河童大好きなんで、逢《あ》って貰《もら》えませんか」

河童はまあまあと手を振って、話をする。

「あのですな、さっきのなんですがな」

僕は呟《つぶや》く。

「升君がどうかしましたか。弊社のものですが」

「ああ、それそれ。御社の人ですかな、ほんとにあれ」

升君。

リベロ的な。

考える。

あれっ。

あれっ。

「あれええええ⁉」

わかんない‼

一緒にいた記憶もないし、彼について何も知らない！

「名刺これだけど。っておおすげぇさっきまで名刺だったのに」

中原先生が出した名刺はあじさいの葉っぱだった。

「狸かな」

つい言ってしまう。

「それは狸が気分を害しますな」

河童の人が言う。

「狸はあれよりまあまあマシです」

「はあ、それは、失礼を……。あの、それで、あれなんなんです」

「アレはずっと昔から人の中にいるもんなんですよ」

「あなたも昔からいますよね」

「いますね」

「あの、最近僕たちは怪異に巻き込まれることが多いのですが、なにかご存じですか？」

河童は少し考えて言った。

「ちょっと、暦がそういう感じなんです」

「はあ」

「たまにあるんですわな。そういう巡りが」

「はあ」

太宰先生が言う。

「で、何で、日中《ひなか》にお出ましに」

河童の人が言う。

「さっきのアレが出ましたでしょう」

「升って名乗ったアレですか」

「はい。私はその名で呼びませんけどね。あれは名のないものなので。あれは、悪いんです。で、お気をつけくださいと、言いに参りました」

中原先生が頭を下げる。

「それはありがとうございます」

「いえ、私たちのためでもあるんです」

「え」

「あれがのさばると、焼け野原がくるんで」

「……焼け野原？」

「はい」

河童の人は静かに頷《うなず》いた。

道を歩いている人がいて、僕たちを邪魔そうに追い越して過ぎていく。

「あれはわるい風をはこんでくるんで、気をつけてください」

河童のひとは言った。

僕の手の中の升君のスマホはいつの間にか平たい石になっていた。

「わるい風ですか」

中原先生が訊《き》く。

「はい、それは人呼んで」

遠くでクラクションが聞こえた。


「ぼんやりとした不安」

漆《しち》

この形しんどいんで帰りますと河童の人は言って、流しのタクシーを捕まえて乗って帰った。多分金は葉っぱだろう。かわいそうなタクシー。

僕たちは何となくお店に戻り、その頃には客がいなくなっていたので、長沼《ながぬま》さんにも話をした。

「焼け野原？」

僕は長沼さんに訊いた。

「どういうことでしょう」

「ああいうひといっぱいいるじゃない」

太宰《だざい》先生が頷く。

「いるね」

中原《なかはら》先生が言う。

「先だって、山之口《やまのくち》先生が作品の中で言ってたぜ」

太宰先生が訊く。

「へぇ？　なんて？」

「詩人に清貧を求めるなと。同様に作家に悲劇を求められてもな」

「ごもっともだな」

一瞬沈黙が落ちた。

長沼さんが言う。

「昔からいるふるいもので、あれが、当たり前にいるっていうなら、もう別にどうでもいいじゃない」

「……でも、不愉快だな」

太宰先生は上機嫌だ。

「僕は水羊《すいよう》さんが担当でよかったなと思ってるからそれでいい」

「えっ」

「俺もです」

中原先生まで微笑んでる。

「ねぇ水羊さん、あのひとの担当もしてやってくれない？」

中原先生が言う。

「長沼さん、だからそういうのがいけないいんですって。もうあの先生とあなたは離れなきゃいけないいんだから」

長沼さんは少し泣きそうな顔になって椅子に座り直した。

「そうね」

僕は電話が鳴ったので出た。檀《だん》先生と思ったが違った。

「えっ。あっはあ。いや。はい。ちょうど太宰先生と中原先生いますから訊いてみますけども」

なんだなんだと視線が来る。

「お二人、今夜暇ですか」

太宰先生が言う。

「うん暇」

中原先生は用心深い。

「ことによっては暇」

「菊池《きくち》先生が飲みに行かないかって」

太宰先生が言う。

「行く」

「俺、今日テレビでプレデターやるんで見なきゃいけないからやめときます」

　同情心たっぷりに太宰先生が言う。

「中原君ちに録画機能のある機器ないの……かわいそうだね……今からヨドバシ行く？」

「レコーダーあるし行かねェし」

「あとプレデターだったら僕DVD持ってるよ……？」

「俺も持ってるよ！」

「じゃあいいじゃん行こうよ」

「遠回しに絶対行きたくねぇつってんだけど？」

「どうしてさ」

「どうしてさ。じゃねぇよ。菊池先生はともかくなんでお前と飲みに」

　やりとりが聞こえていたようで菊池先生が言った。

「あのー、いいから中原君もおいでですって。場所どうせ三鷹《みたか》だしって」

　二人の声が被《かぶ》った。

「なんで三鷹？」

「で、なんでよりにもよってここなんです？」

太宰先生と中原先生がイヤな顔をするのも無理はなかった。

指定された場所は、この前の鯰《なまず》の料亭だ。

「鯰って何食うかわかんねぇけど、とりあえず酒持ってきた」

中原先生がコンビニで買ったウイスキーのミニボトルを鯰の祠《ほこら》に置いて、軽く拍手《かしわで》を打ってから言った。

「おい、ちょいと邪魔するぞ。ちょっかいかけんなよ」

「あっストッキング持ってきたからはい」

と、太宰先生がコンビニ袋から着圧ストッキングを出して置いた。雑だ。

「なんかねぇ、菊池先生に谷崎《たにざき》先生がここのこと話したんですって。そしたら来たいって」

「あの冬鰻狸《ふゆうなぎだぬき》ペラペラペラペラ」

中原先生が毒づく。太宰先生が歩きながら言う。

「谷崎先生は今日は」

「キッチングルメシェフバトルってあるじゃないですかTVの。あれに特別審査員として出るんだそうで」

「生放送の？」

「そうです。ちょっと見たかったな」

「TV出たいなー。なんかコメンテーターとか。中原君一緒に出」

「やだ」

とりつく島もないというのを眼前で見た気分だった。

菊池先生はごつごつした感じの風貌《ふうぼう》で、顎《あご》がしゃくれていて頬骨が出ている。睫毛《まつげ》も髪もぼさぼさのぐるんぐるんで、ダブルのスーツを着ているのはいいが、右腕になぜか腕時計を二つつけていた。おでこが異様に広くて目立つ。目が細い。眉根《まゆね》がぎゅっと寄っている。

菊池先生は座椅子に座って、スマホの画面を見ていたが、僕たちが入るといじるのをやめて顔を輝かせて挨拶《あいさつ》をしてくれた。笑うと実にかわいらしい。

「よお！　久しぶりじゃないかね太宰、中原、両氏！」

中原先生がイヤそうに言う。

「並べて言わないでください。どうも、ご無沙汰《ぶさた》しております」

中原先生が礼儀正しく挨拶をする。

太宰先生も頭を下げる。

「ご無沙汰してます」

「いやいや、いいんだいいんだ。忙しいからね、みんなね、うんうん。座りなさい。何頼もうかね。僕がごちそうするからスキなの頼みなさい」

菊池先生がにこにこと言って、太宰先生が真面目な顔で言う。

「じゃあ一番高いのを」

「構わんよ」

「えっいいんですか」

「うん。そりゃそうさ。おごりに来たんだからさ」

中原先生が変な顔をする。

「いや、それだったら何もこいつでなくても、若手の食えないヤツにしてくださいよ。こいつは実家から金をもらってるし、一応それなり売れてやがるし、食わせる価値がないし」

太宰先生が苦笑する。

「いや、中原君そこは日本語の用法が間違ってる。食わせる価値ではなく、食わせる甲斐《かい》だ」

「間違ってねぇよボケ。お前なんかにおごりの飯はもったいねぇってんだ。金払え自分で」

「全く中原君はツンデレだな」

と苦笑する太宰先生に中原先生は殺せそうな視線を向けた。

「あら、お客さん方！　先日はどうも！」

挨拶をしに来た女将《おかみ》と少し話をして、菊池先生はさっさと飲み物を頼み、お薦めのコースを三つ頼むよと言って下がらせた。

「先生、お酒は召し上がらないんですか」

気になったので訊《き》いてみた。

菊池先生はぴょこんと眉を上げて言った。

「うん、休肝日」

嘘だなあ。

無類の酒好きなのに。

中原先生を気遣ってのことだろう。

谷崎先生とは大違いだ。太宰先生が言う。

「ね、菊池さん、どうして腕時計二つつけてるんです？」

菊池先生は、腕を見て、はっとした。

「あっほんとうだ！　いや！　今気が付いた！　はて、どうしてだろう！　うっかりしたなあ。道理で重いと」

菊池先生はションボリした顔をしながら腕から時計をひとつ外してポケットに入れた。

「どうして私はこうなんだろうなあ……いつもうっかりしてしまうんだよ。嫌になる」

大きくて無骨な身体を小さくして、菊池先生はしょげた。太宰先生が言う。

「お嬢さんをタクシーの中に忘れた話は有名ですけど」

「アレもわざとなんかじゃないし、僕は彼女をだいじにしているつもりなんだよ？　なのになぁ」

中原先生が太宰先生を指さして言う。

「大丈夫ですよこいつなんか締め切り忘れますし振り込み忘れますし日付忘れますし時間忘れますし」

「忘れます」

太宰先生は頷《うなず》く。菊池先生は溜息《ためいき》を吐《つ》く。

「問題はそれについて私はくよくよしてしまうことなんだよなあ」

「くよくよしてしまいますよね」

「こう、どーんとかまえて、私はこうだからいいじゃないか！　というふうにできればいいのだがなあ」

「なかなかそうは行きませんね」

二人で溜息を吐く。

僕は正直どうでもいいから何も言わない。原稿ください。

あ、でも。

「そういえば中原先生、そういうのあんまりないですね」

「ん？　あるよ」

平然と言われて驚く。

「でも締め切り忘れないじゃないですか」

「注文受けたらすぐ描くからな。そんだけ。支払いとかは銀行引き落としにしてるし、待ち合わせとかはついでの用事とセットにして覚えてるだけです」

菊池先生は、中原先生を輝く目で見詰め、太宰先生は面白くなさそうに口の中で何かぶつぶつ言っている。

それを中原先生が聞き止めてなんか二人で言い合いを始めた。

めんどくさそうだなと思って僕は一寸《ちょっと》失礼と言って、スマホを見る。メールが来てる。

開いて驚く。

息を呑《の》んだ僕の様子に気が付いたのは太宰先生だ。気が付かなくていいのに。

「なんだい、なにかあったのかい」

身を乗り出して訊いてくる。

「いえあの」

どうしよう誤魔化そうかな。

と、思ったのに菊池先生まで、

「なんだい、どうしたんだい」

とか言うから。

中原先生は静観してる。

「いえあの」

「なんだい」

「なんだい」

中原先生はどうすんの……っていう雰囲気だ。

「谷崎先生がTVでやらかしました」

菊池先生がスマホをいじる。

「これ、TV見られるんだよね。どうするんだい」

　太宰先生が覗《のぞ》き込む。

「ワンセグ入ってますか」

「あっわかんないね」

「えっとそしたら」

　言っているうちに中原先生がスマホに画面を映した。

　その絵面にクスッと笑った。

「すごいな生放送」

　覗き込むと谷崎先生に向かって誰かが怒鳴っているところだった。話の内容は聞き取れない。カメラが切り替わって調理の画面になり、アナウンサー達の話題もそちらに移った。

「どうなってんのこれ」

　中原先生が笑いを堪《こら》えきれないという顔で、噴き出しつつ言った。僕は変な汗をかいていた。

　菊池先生は電話をかけた。

「あっ僕だけども。あのね、谷崎先生のさあ、料理に関する本あったでしょう、うちからのやつ。うん。そうそう。あの、やたらとけんか腰のヤツ。はいはい。あれね、倉庫にある分全部出しといて。うん。ウェブでも今すぐ特集組んで。ウェブのほうは三十分以内でアップして、ちゃんとカート設置しといてね。あっちがうちがう、お料理本特集じゃなくて、谷崎先生特集。はいはい。なんかあったらしいのね。把握しといてね。僕はね、ご飯食べてる。はい」

僕は胸を高鳴らせて菊池先生をみつめた。菊池先生は大流行作家でもあるけど、同時に出版社の主宰でもあるという偉人なのだ。

「ああっすごい……！　僕も真似していいですか！」

「水羊君トコで谷崎先生の本出てないでしょ」

「あっそうだった……」

僕は頭を抱えた。

「それにそもそも谷崎先生何やったの？」

「待って下さい、えーと」

ツイッターの、番組タグをタップしてみる。読み込む。太宰先生が言う。

「あっそれもいいけど、主人を呼ぼうよ。菊池先生も期待しておられるんだし」

菊池先生が身を乗り出す。

「なんだいなんだい」

中原先生が言う。

「呼んで、それで来るのかよ。んで、呼んでどうすんだよ」

太宰先生が、

「わかんないけどものは試しだ」

と、手を二回打った。

「鯰《なまず》のご主人！　用事があるよ！」

「女将が来たらどうすんだよ」

「牡蠣《かき》の産地でも訊けばいいじゃないか」

菊池先生は中原先生のスマホでTVを見ている。

「なんだねCMが多いなあ。つまらんなあ」

「生放送でゲストがやらかしたらそうもなるんじゃないですか」

「んー。昔はこうじゃなかったぞ」

「今こんなもんですよ。中原先生TV見るんですね。ちょっと意外。最近じゃ全然見ない人も多いから」

「ワールドカップの時に移動しなきゃいけなくてな。それでアプリ入れた」

中原先生が答えたら、すらっと襖《ふすま》が開いて、スーツ姿の目の離れた男が膝《ひざ》をついていた。

鯰の主人だ。

「お呼びになりましたでしょうか」

「ほら来た！　来たぞ！」

鯰の主人ははしゃぐ太宰先生を見て不機嫌そうだ。

「先日はどうも。あの、指ささないで頂けませんかな」

菊池先生は目を丸くして、正座しなおした。

「やあやあ、どうも、私菊池と申します」

鯰の主人は頭を下げる。

「こちらこそ。どうも、先生の小説は拝読させていただいております。大変面白く、一族郎党こぞっての読者でございまして」

太宰先生が言う。

「主人、僕のは」

「ああまあぼちぼちでござんすね」

「ああそう」

太宰先生は明らかに臍《へそ》を曲げた。

「で、なんでございましょう。私どもの食事は召し上がらないんですよね先生方」

中原先生が言った。

「まだね」

太宰先生が頷く。

「そうだね」

菊池先生が言う。

「どうして？　ここ高いのかい？」

中原先生が考えながら言う。

「んーいや、黄泉戸喫《よもつへぐり》の話です」

「ああ」

なるほどねと菊池先生は納得した。

「じゃあ君、まだ、とか言ってはいけないよ。きみたちさ。そういうこと言うものじゃないよ。仕事なら私が回すし、援助はするからさ。けっして帰れなくなるような物を食べたりしないで」

悲しそうだった。

「沢山、書いてくれたまえよ」

なんのためにですか。
唐突に僕の心の中で声がした。
あいつだ。
これはあいつだ。
升《ます》。
いかにも今時の風体のやつ。昔からいるわるいものだと河童《かっぱ》に言われていたやつ。
あいつだ。
僕の口から言葉が出た。
「なんのためにですか」
僕が言いたいんじゃない。僕の言葉じゃない。
全員が、え、という顔をして僕を見た。
僕はどんな顔をしていたのか解らない。きっと、卑屈な曖昧《あいまい》な笑みを浮かべていたのだろう。

「なんのために書くんですか。小説なんか食えないじゃないですか。役にも立たない。世の中には不要なものですよ」

菊池先生が何か言いたそうで、中原先生に止められた。

「読まれないかも知れないし、バカにされて笑われるかも知れないんです。そんな物書いたって」

太宰先生が言う。

「うん、無駄だ。やらないほうがいいね。ないほうがいいだろう」

僕の口が動く。

「そうですよ。やめましょう。もっと世の中の役に立つことをしましょう。物を作るとか、世界に通じることをまなぶとか」

「そうだね、役に立たないね。やめたほうがいいだろう」

「そうですよ」

僕はそんなこと思ってない。

思ってないです。

僕はそんなこと思ってない。

でもこの感じは知っている。

昔散々あった空気だ。

合わせろよ。みんなそう言ってるんだ。みんなそう言ってるからお前も他のことなんかないだろう。

世の中の役に立つ、勉強して学歴手に入れて会社に行って、本も音楽も、教養として必要だからちょっとは読んで、聞いて、蘊蓄《うんちく》は少しぐらいはあったほうがいいだろう。将来海外に出たときに、あっちの人はそういうのが大好きだから、話を合わせられる程度に。

だから、本をそんなに沢山読むのはおかしい。

一冊だけであっても、一つ一つの言葉をなぞって、この世界ではないところに行って、この世界ではない空の下で、この世界ではない草を踏んで、この世界のものではない風に吹かれて、この世界ではない、実際にはいない、彼や彼女の運命に寄り添って、一緒になって泣いたり笑ったりして、わかるよ、君は僕と同じだと思って、がんばれと励まして、
そんなふうになるのはおかしいことだ。

たったひとりでそんな世界をあじわうのはおかしいことだ。

絵でもそうだ。

音楽でもそうだ。

たったひとりで別の世界に溺《おぼ》れて、美しさや醜さや心地よさや悪さに感じ入って、心から泣いたり笑ったりするなんておかしいことだ。

そんなのはおかしいことだ。

目の前にあることだけが本当で、見えないものはないんだ。

でも、それなら、どうやって未来を見ろっていうんだ。どうやって成長しろっていうんだ。どうやって希望を持てっていうんだ。

未来なんか目には見えないし将来なんかつかめない。希望なんてない。

それでどうやって生きろっていうんだ。

だから、

「やめない」

太宰先生が言った。

「意味があろうがなかろうが、僕らはやめない」

「どうしてですか」

太宰先生はにたりと笑った。なにかに耽溺《たんでき》しきってぬけられない。そんな笑みだ。およそ正義とか、さわやかさとかとは遠い。

「だって、楽しいから」

「た――たのしい？　個人の、楽しさ、になんの意味があると」

「知らないよそんなの」

「じゃあ弾圧されて書くことを禁じられたら楽しくないからやめるんですか」

「うんやめるやめる」

あっさり言われる。

「でも、人間てのはさ。結局のトコ、つまんないことにはとうてい我慢ができないもんなのさ。だから、そんなに長いことは続かないよ」

「意味が無いのに？」

「人生にも意味なんてないんだからどうだっていいじゃん」

「意味ないんですか？」

「欲しかったらつけたら」

「なんですそれ」

太宰先生は中原先生と菊池先生に向かって言った。

「人生に意味があると思うひと」

どっちも手をあげないけど、菊池先生がそれについては大いに論争の余地があるから今度討論会をだねとか言って、中原先生にそれあとにしましょうとか止められた。

「ないと思うひと」

どっちも手をあげない。

「どっちでもいいひと」

二人とも手をあげた。

そう、僕もそう思う。

人生に意味はあってもなくてもいい。別にどっちでもいい。

意義のある人生を送るために、たった一人でいろんなことを味わうなんておかしい、なんてほんとは僕は思ってない。

一人で聞く音楽、一人で読む本、一人で唄《うた》う歌。

誰にも触れられない大切な時間。

ふるいわるいずっとあるもの。それは僕らに、全てを開陳して、明け渡せと迫ってくる。

個人の世界などどうでもいいと。

全ては共有され、支配されるべきだと。

でも、そんなのは、真っ平だ。

「先生、僕の中に、やつがいます」

「うん、わかってる」

ほんとかなあ。

太宰先生は嘘吐《うそつ》きだからな。

「どうしたらいいですか」

「まあ心配ないよ。ねぇ、ご主人、谷崎先生のとこと、繫《つな》げますか」

鯰《なまず》の主人は言う。

「少し、面白いことができますよ。先日のお礼に、やりましょう」

菊池先生が鼻息を漏らして前のめりになり、中原先生が悪い笑顔になった。

太宰先生が蕩《とろ》けそうな美声で言う。

「うん、お願いするよご主人……！」

座敷がいきなり別のところになった。

僕は慌ててあたりを見回す。

高い天井。パイプの骨組みが見える。可動式のライトがずらりとつけられている。寒々しい壁と広大なスペースの一角に作られた、一対のキッチン。熱と料理の匂い。きびきびと動く料理人たち。指示の声と応答。調理の音。何台もの大きなカメラ。動きやすい服を着たスタッフたち。少し離れて唐突にゴージャスな書き割りの放送席のアナウンサーはタキシードに蝶《ちょう》ネクタイで、隣のアシスタントはイブニングドレスだ。二人ともマイクに向かって話している。スタッフたちはインカムで交信しながら仕事をしていた。

そして審査員席。

セットは書き割りだったが、花がどっさり活《い》けてあるのと、テーブルクロスが真っ白なのが印象的だ。数えて五人が並んで座り、その前をカメラが行き交えるように広く空けられていた。

谷崎先生は端から二番目に座っていて、真ん中は料理学校の主宰の老人だ。谷崎先生の逆側には最近売れてる女優が座っている。

座敷の僕らは位置関係が変わらないまま、スタジオの床に座っている。スタジオの人たちには僕らは見えないみたいだ。

女優はしきりに谷崎先生に話しかけているが、谷崎先生は振り向きもしない。女優の耳からはインカムが外されていた。

膝《ひざ》をついたまま鯰の主人が言う。

「ちょっとここから技ありでござんすよ」

主人がぽんと太腿《ふともも》に手を打ち付けると、どばあっとなにかが流れた。何かって、何かだ。空間全体が流れた。そして戻る。

元に戻ったんじゃない。

厨房《ちゅうぼう》では料理がそんなに進んでいない。下ごしらえだ。熱の感じがしない。食べ物の匂いがまだしない。

「多分、これなんじゃないですか。谷崎先生のやらかしの原因」

谷崎先生は穏やかに話をしている。

司会者に話を振られて蘊蓄を流暢《りゅうちょう》に披露し、隣席の老人に、

「素晴らしいですな。本当によくご存じだ」

と微笑まれ、

「お恥ずかしい」

と、謙遜《けんそん》までする。

「ときに、先生は今出た話に携わっておられましたよね」

と、話を振り、老人は嬉《うれ》しげに頷《うなず》く。

「いやはや昔のことです。日付なんかもうろ覚えで」

「是非伺いたいですね。なにしろ滅多にない機会です」

「なんと言いますか、そのへんは料理研究のね、一端と申しますか。少し話が長くなりますもんでご勘弁を」

「ああ、なるほど。では今度是非席を設けさせて下さい。そこででしたら、話をしてくださいますか？」

「とりとめもない老人の四方山《よもやま》でよろしければ」

それを聞いて横にいた女優が言った。

「私もお話伺いたいです。さくっと話していただいていいですかー？」

老人が困り笑顔を浮かべる。

「いやあ、上手《うま》く話せませんもんで」

「いいじゃないですか、少しだけ。ね」

「話が途中になってしまいますと、困るんですね」

「面白いとこだけでいいんで。お願いします」

二人の間に入るように、谷崎先生が身を乗り出して笑顔で言った。

「これだから genius のない人間は困るな」

老人が窘《たしな》める。

「これ、谷崎君」

「失礼しました」

「genius ってなんです？ なに？ 何が私にないんですか？ すみません訊《き》いてるんですけど？」

谷崎先生は女優を無視した。

「おっ、あちら隠し味に八角《はっかく》を使うようですよ」

「おや。斬新ですな」

「ちょっと谷崎さん！ 私訊いてるんですけど！」

プロデューサーから女優にインカムで指示が届く。なぜだか聞こえる。

『花山《はなやま》さん、ちょっと落ち着いて下さい。谷崎センセには番組のあとでお話ししときますから』

女優は耳からインカムを外した。

「谷崎さん！　あちらのキッチンではトリュフを使うようですよ」

平静を装って話しかけたら谷崎先生は何も聞こえなかったように老人に話しかけた。

老人は女優に返事をしたが、谷崎先生の世界からはもう、女優は消えてなくなっている

ようだった。

女優はむきになって谷崎先生に絡むが、谷崎先生は全く意に介さない。

TV的にはどうなっているのだろうか。

他人事《ひとごと》ながらヒヤヒヤする。

鯰の主人がまたぽんと膝を打つ。

「それで、今です」

またどばっと何かが流れた。

谷崎先生はずぶ濡《ぬ》れになっていて、女優はしくしく泣いている。

ずぶぬれの谷崎先生は、キッチンを見て言う。

「おお、これは楽しみだな。以前台湾《たいわん》の茶畑でごちそうになった蒸し物に似ていますね。

あれは実に美味《おい》しかった」

老人もうフォローする気はないらしく、女優に目もくれない。

スタッフが女優を退席させようとするが、

「絶対いや」

と女優も意固地になっている。

女優の前のコップが空になっているから、谷崎先生は彼女に水をかけられたのだろう。

僕も升君にかけたけどさ。

中原先生が噴き出して腹を抱えて笑い出した。

「ひぇあはははははは、なんだこれ、ほぼ放送事故じゃねぇか、うわこういうの久しぶり！　どこまで流れてんのこれすっげぇなあ！」

スマホを観ながら菊池先生が言う。

「へぇえ。すごいね。ほぼそのまま流れているよ。このプロデューサーと何かしたいなあ。最近じゃ珍しいねぇ」

ううんと鼻にかかった声で優越感にまみれて、太宰先生が言う。

「谷崎先生僕にはやさしいのにねぇ」

「おや、なんだ君たち。鯰の主人がご同行とはさてはこれは怪異かね」

僕たちに気がついた谷崎先生は言って、平気で審査員席から降りてきた。

「おお、谷崎くん。やらかしたとネットで評判だよ」

「どうもお恥ずかしいです、菊池先生！」

目線が上からでは失敬ですなと谷崎先生は僕たちのそばの床に座る。

「谷崎くん、なんだね大人げない。あの女の子、かわいそうじゃないか」

菊池先生が言いにくそうに言うと、谷崎先生はきょとんとして言った。

「なにがですか」

「だって、君、彼女のほう見向きもしないで」

「話が通じないんで、話をしてないだけですよ。僕の優しさです。彼女も僕に惚《ほ》れてしまうほどの優しさですよ」

そう言って谷崎先生は実に色っぽく笑った。

おそらく、心からそう思って言っているのだろう。

そう思ったら面白くなって、つい笑ってしまった。

「おや、なんだね水羊くん。また僕は君を楽しませてしまったのか。もてていけないな」

言われてまた笑う。

バカにしてるとかそんな気持ちはかけらもなくて、ただ、思いがけなくて笑ってしまった。

「す、すみませ、すみません、けっして、その、あの」

涙目で言う僕に、にこにこと言ったのは菊池先生だ。

「いいんだよ。押しつけられた既存の概念が崩壊して、もともと自分が正しいと言語化せずに思っていたことや、あるいは全く新しい考え方に出会ったときほど笑えてくる時はないさ」

それから、菊池先生は僕の目の奥に向かって語りかけた。

「あのねぇ。君はいなくならないだろうさ。でもねぇ。ぼくらだって、いなくならないいんだ」

「ぼくら」

「面白い、とか、かっこいい、とか、いい感じ、とか。そうだなあ、つい、イエーイ、とか、ワーオ、とか言っちゃうようなものを、作ろうとする。ダメなことをほじくりかえして、うまくいかないことをつっつきまわして、ほら、そっちからみたら、だらしない、どうでもいい、落伍者《らくご》の群だ」

うん、と菊池先生は頷く。

「でもさあ。私ね、会社興してつくづく思うんだけど、どうして君たちって、僕らがある一線を越えると、仲間になりたがるの？　一線ていうのは、単純に地位とか名誉と金だ。

それまでは君たちにとってクズでしかないのに、どうしてだい。あのね、私はね、いくら君たちがすり寄ってきたって、なついちゃやらないよ」

眼鏡の下の瞳《ひとみ》。

どろりとした怨念《おんねん》が凝《こご》る瞳。

今までどれだけ傷つけられてきたのか、どれだけ怒りを蓄えているのか、計りようもないような黒い瞳。

「お前は敵だ。お前は消えないだろうが、私たちだって消えない。とっとと失《う》せろ、その子は、私たちとともに世間をよい方に向ける仲間だ」

ぞくっとした。こわい。同時にすごくたのもしい。

「水羊さん口開けて」

谷崎先生に言われて何となく口を開ける。何か、口に突っ込まれた。

脳が痺れたようになって、突然ものすごく興奮した。あっこれおいしいってやつなんだと、理解したのは少し経ってからだ。全身の毛穴がひらいて涙ぐんでさえしまう。

「どう⁉ おろしたてのワサビと、とかした発酵バターをほんの少し垂らして、最高級の塩をひとつまみ！　タマネギのペーストと芽ネギをひとかけのせた、ガンゼだよ！」

太宰先生と中原先生が覗《のぞ》き込んでくる。谷崎先生の手にはスプーンがあって、それに乗せられていたんだと悟る。

中原先生が唾《つば》を飲み込んで言う。

「が、ガンぜってなんだ谷崎さん」

「エゾバフンウニ」

中原先生は両手で顔を押さえて、

「うわあそいつァうまそうだ！」

と言って蹲《うずくま》った。

太宰先生が言う。

「いいなあ僕も食べたい」

谷崎先生が言う。

「いいだろう。ふふふ。審査員全員にふるまわれたんだ。キッチンにひとつ残っていたのを僕は見ていたものでね」

僕はすさまじい多幸感に包まれて震えながら目を開ける。

「お……おいしかったあ……」

谷崎先生はそうだろそうだろと言って、審査員席に座り直した。

「ほら、僕は消費されたりしないから！　大丈夫だよ、なにしろ世界は僕を愛してる！

困るねぇもてちゃってさァ」

僕は憑《つ》き物《もの》が落ちたような気分だ。

実際そうなんだろう。

升のヤツはもういない。

晴れ晴れとした気持ちで僕は谷崎先生に言った。

「あの、一回でいいんで、その女優さんにフォローしといて下さい」

それを聞いて太宰先生と中原先生が、あ、と声を上げて僕にむかって、君、しまったね、みたいな顔を向けたが、鯰《なまず》の主人が、

「よろしいですかな」

と言ってまた、パンと手を打った。

座敷に戻った。

「ではあたしはこれで」

と鯰の主人が引っ込んだ。

菊池先生が見ているスマホの音がする。

みんな膝《ひざ》でにじって集まり、スマホを覗き込んだ。

やっぱりスタジオの空気はおかしい。料理はそろそろできあがりそうだ。

これがあれでそれがなにで、と必死で谷崎先生に言う女優に、谷崎先生は微笑んだ。

僕はほっとした。が、谷崎先生は言った。

「ねぇ、君とは一生お話しできそうにないから、反対側の席の彼と替わってあげようか?」

確かに。

合理的な。

申し出ではある。

「はい、お待たせしました! お飲み物と先付けでございます」

女将《おかみ》がやってきて、膳《ぜん》が運び込まれた。

茫然《ぼうぜん》としていた菊池先生が言った。

「ああ、女将さん。あのねおろしたてのワサビと、溶かした発酵バターをほんの少し垂らして」

中原先生が言った。

「最高級の塩をひとつまみと、タマネギのペーストと芽ネギをひとかけのせたガンゼをな」

太宰先生が言った。

「一人につきたっぷり三人前ください」

目を丸くした女将が、ちょっと厨房《ちゅうぼう》に訊《き》いてきますねと去って、僕たちは、小さく、そして長く笑った。

その日はたらふく食べて、しこたま酔った。

編集者としてあるまじきことだよと、編集長にはものすごく怒られた。

二日酔いで頭が痛かったが、面白い気分が抜けなくて笑ってしまったら、編集長が言った。

「今度俺も連れてけよ。水羊くんばっか面白そうでずるい」

僕はへへへと笑った。

捌《はち》

武蔵野《むさしの》の風は強い。

江戸の昔からそう呼ばれている。昔は辺り一面森と野原で、そこに明暦《めいれき》の大火で焼け出された神田連雀町《かんだれんじやくちょう》の職人達を住まわせるために江戸幕府が町を作った。神田連雀を懐かしんで、ここにもおなじ地名をつけた。連雀というのは、当時の物流にかかせない背負子《しょいこ》のことで、連雀職人達が多く住んでいたからの地名だっていう。

木枯らしが吹いてもう寒い。

並木の桜は落葉して、薄暮の空を切り裂くように枝が影をのばしている。

三鷹《みたか》駅から玉川上水《たまがわじょうすい》沿いに歩いて行けば、太宰先生のうちに着くけど、ちょっと駅前の商店街が歩きたくなったのでそっちに向かった。

薄暮が始まる時間で、空っ風の吹く中、信号や街灯やネオンのあかりがきれいだ。

約束の時間には少し早かったので、喫茶店に入る。

煙草の匂いのする店内で、この店は随分前からあるんだろうなと思った。いらっしゃいませと言われて席を探す。

奥の席に太宰《だざい》先生と、中原《なかはら》先生がいた。向こうは僕に気がついていない。

「こちらどうぞ」

と勧められたから、席の間に間仕切りと観葉植物が置かれた、お二人の席を背にして座る席に座った。

いや、勧められたから。

別に二人のお話が気になるからとかじゃない。

二人ともしばらく話をしなかった。注文を取りに来られたので、メニューを指さしてブレンドを頼んだ。邪魔しちゃいけないからで、別にばれたらイヤだからじゃない。

二人ともしばらく黙り込んでいた。

太宰先生が変な事言うでもなし、中原先生がキレるでもない。

ようやく、太宰先生が言った。

「君のこれは、小説じゃない」

あっ。

中原先生、太宰先生に小説見せたんだ。

そう思ったらどっと背中に汗が出た。あんなにいやがってたのに。あんなに太宰にだけは見せたくねぇ、すげぇからかわれるに決まってるし、すげぇ上から適当な事言われるに決まってる。

そう言ってたのに。

けれど太宰先生の声は真剣そのものだった。

中原先生はしばらく黙り込んでから言った。

「どこが悪い」

ノートを開く音。ボールペンをノックする音。訊いたらメモをするんだ。ほんとうに真剣だ。

「言えば一つ一つ言えるけど、それはそれで君の才能ってものに失礼だと思う」

「……なんだ」

「中原君はとてつもない勘違いをしてる。この原稿は、明らかにその産物だ」

「……なんだよ」

「言っておくけど僕は真剣に話しているから、どうか笑わないで聞いてくれ」

「……おう」

「君のこれは小説ではないし、君の才能は小説にはない」

「まあ、絵で食ってるしな」

自嘲《じちょう》の滲《にじ》んだ声に太宰先生は少し黙った。

中原先生が言う。

「君の絵は素晴らしいよ」

「……おう。ありがとよ……」

「率直に言うけど、この作品は小説じゃない」

「うん」

「詩だ」

沈黙が落ちた。

たっぷり五分は過ぎた。

僕のコーヒーが運ばれて、半分飲んでしまった。

僕はその間考える。

確かに、中原先生の作品はそうだ。小説と言うより詩だ。太宰先生や谷崎先生のは小説だ。その差異はどこだろうと考えたことはなかったが。

「……詩で、」

中原先生の声は、いっそ笑いを含んでいそうだった。

凄まじい圧力で碾《ひ》かれたような声だった。

「詩で、悪いのか」

「いや」

太宰先生は、すぐに答えた。

「いい悪いじゃなくそうだというだけだ。この作品は、詩としては素晴らしいが、同時に詩としては長すぎる」

「そして、小説じゃねぇってな」

中原先生は立ちあがった。太宰先生は言う。

「中原君」

「ありがとよ。手前《てめ》ェが真面目に話してくれたことは解ってる。悪いがその札で勘定しといてくれ」

中原先生は早足で店を出て行き、観葉植物越しに太宰先生が僕に言った。

「水羊さん追って、追って」

「うわなんだバレてたんですか」

「どーでもいいだろそれは。ほら早く。払っとくから！」

「はははははい」

僕は慌ててコートと鞄《かばん》を抱えて駆《か》け出す。

歩きながらコートを着て、マフラーを巻く。コンビニから中原先生が出てくる。黒い、デザインロングコートで、帽子を被《かぶ》っている。

見つからない距離で、先生のあとをつける。

駅前だからだいぶん混んでいる。中原先生は、線路沿いを歩く。駅を抜けてコーヒー店を過ぎると、人が少なくなる。

だいぶ暗くなってきたから誤魔化されればいいなと思いながら、昭和のコンクリート建築のでかい建物を左手に、右手に線路のフェンスを見ながら歩く。駅のアナウンスや、電車の行き交う音で随分やかましい。

少し歩くと古いコンクリートでできた階段があらわれて、上れば線路をまたぐ跨線橋《こせんきょう》になっている。

三鷹駅は車両基地になっていて、実に十四本もの線路が並んでいる。全線に車両が行き交うわけではなく、倉庫に入るための線路もあるが、ともあれ広くてなんかすごい。

古い、荒いコンクリート。

ペンキの剝落《はくらく》から鉄さびの浮いた鉄骨に、びっしりフェンスが張られている。上までだ。

ちらほちと通行人はいるが、そんなには多くない。

足下を電車の音がする。駅の発車ベル。アナウンス。

中原先生は真ん中らへんで立ち止まって、フェンスを掴《つか》んで電車を見おろしていた。

しばらくそうしていたが、ポケットから煙草を取り出すと、囓《かじ》るようにくわえてライターで火をつけた。

夕暮れの中でいかにも苦しそうに火をつける顔が照らされる。

中原先生はポケットにライターと煙草の箱をしまうと、思い切り煙を吸ってものすごく咳《せ》き込んだ。

通りすがりの女性が先生に言う。

「ちょっと、すみません」

「はい」

「路上喫煙迷惑なんでやめて下さい」

咳き込みながら中原先生がすみませんと頭を下げたら女性は歩き、去っていった。

見ていられなくて声をかける。

「中原先生」

中原先生は、ポケットから携帯灰皿を出した。

「ほんっと世知辛《せちがれ》ぇわ」

咳き込んで言いながら、携帯灰皿に煙草を押し込む。

「先生、煙草吸うんですか」

「や、初めて」

はー、と息をして先生はキャンディを取りだして、口に入れた。

「酒飲んだら死ぬからさァ。せめてこっちと思ったんだけど。美味《うま》くねぇし苦しいし、世知辛ェし、いいことねぇなぁほんとう」

中原先生が掴んだフェンスがガシャンと鳴った。

線路の遥《はる》か遠くに新宿の灯《あか》りが見える。

振り向いてみたら、まだわずかに明るい空に星と。

「先生、富士山《ふじさん》」

大きい。

中原先生も見上げた。

「……うたいたい……」

「きれいですね」

「きれいってんじゃねぇよ。もっと……もっとなあ……」

黒々と遠く、天球の一角を切り取っている富士山を見て、中原先生の顔が歪《ゆが》んだ。

「……もっとな」

「先生、ご飯食べにいきましょ。僕奢《おご》りますよ」

「鯰《なまず》のとこはいやですよ」

　結局僕らが来たのは長沼《ながぬま》さんのところだ。

　ちょっと様子のおかしい中原先生を見た長沼さんは、閉店の札を出してくれた。

「え、いいんですよそんな」

　慌てる中原先生に、長沼さんは微笑みもせずに言った。

「いいんです。どうせ貸し切りにするつもりだったの。新メニュー考えてるんで、食べて下さいます？」

「ありがとうございます」

「まずはコーヒー淹《い》れてきます。挽《ひ》いたはいいけど豆余っちゃって」

　奥の席に通されて、僕たちはコートを脱ぐ。

　長沼さんはコーヒーを二つ出してくれる。

「ケーキ食べます？　レモンパイと、チョコガナッシュ。半分ずつにして出しますけど」

「あっ、ありがとうございます……」

「ハイハイ」

長沼さんはささっとケーキを出してくれた。

あと灰皿も。

中原先生が視線を上げた。

「えっ」

「知りませんでしたわ。吸われるんですのね」

「えっいや。あとこの店禁煙ですよね」

「表向きはね。いいですよ、ポケットの中のものどうぞ」

「いやあの」

「なんですの」

中原先生はコートの中から煙草を出す。

「ちょっと、自棄《やけ》を」

「どうなすったのよ。わたしでよけりゃ聞きますし、口は堅い方ですよ。すっこんでるのがよけりゃすっこんでます」

中原先生は、少し考えてから言った。

「じゃあ、よければ長沼さんのぶんのコーヒーを淹れて下さい。奢りますよ」

「いやだ、これくらいよくてよ」

僕が言う。

「弊社もうけてますんで弊社のおごりで！」

「じゃあ一番いい豆挽きましょう」

中原先生が言う。

「二杯目は俺にもそれで」

「かしこまりました」

窓の外はすっかり暗くなった。店内は雰囲気のいいクラッシックがかかっている。

「長沼さん、ベートーベンなんか聴くんですねえ」

僕が感心して言うと長沼さんはあっさり言う。

「有線のチャンネルよ」

中原先生が言う。

「でも、いい選択です」

「わたしはJポップなんかの方がいいんですけどね」

僕と中原先生は驚く。

「えっ」

「嘘よ」

僕と中原先生は何となくほっとする。

「ロックが好きよ」

僕と中原先生は驚く。

「吉祥寺《きちじょうじ》のライブハウスにはよく行くわ」

長沼さんは中原先生の煙草を見て、

「一本ちょうだいな」

というと、スッと抜き出してくわえて火をつけた。優雅に煙を吐き出して言う。

「で？」

「――才能の所在の話です」

聞いて、長沼さんは頷《うなず》いた。

「任せて。へどがでる程考えたわ。そのジャンルに関してはわたしエキスパートだわ」

　中原先生の話を聞いて、長沼さんは少し考えた。

「じゃあ、詩を書けばいいじゃない」

「……小説を、書きたい、んです」

「どうして詩じゃダメなの」

「ダメってことは、ねぇけど」

「あなた絵も描けるんだからいいじゃない」

「でも小説も詩も書けてもいいじゃないですか」

　長沼さんは冷え冷えとした視線で中原先生を見た。

「は？」

「うっ」

「ぜいたく言ってんじゃないわよ。だいたい絵だって一生かけてもかけきれないってものだし」

「俺は絵もそこまで大したモンじゃねぇんだ。知ってるさ」

　中原先生はぼそぼそ言う。

　長沼さんは、まあぶっころしたいわねこの売れっ子がという顔で中原さんを見詰めている。僕は場を和ませようと思って言う。

「長沼さん、僕少しお腹すきました」

「ピザでいい？」

「は」

「なんだか作るのバカらしくなっちゃったわ」

「い、い、いいですけど」

長沼さんはエプロンのポケットからスマホを取り出すと、さっさとピザを注文してしまった。

「まあ今からお客様が一人おいでになるから、そのかたに話を聞けばいいわ」

「え、そうなんです？」

「あ、ねぇ、中原さん、こないだ封切りの映画ご覧になって？」

「プレデター見ました」

「えっ。やってるの？　今？　どこで？」

「いや、家でDVD」

二人が話しているので、僕はちょっと電話失礼しますと言って、コートを着て外に出た。

夜になって、暗くて寒い。電柱と、電線を何となく見上げる。

都心の夜空は暗くなりきらないけど、一等星は少し見える。スマホで電話をかける。

「どうも、水羊です。太宰先生大丈夫ですか」

『大丈夫ってなんだよ。僕は大丈夫だよ』

拗《す》ねてる。

「今のトコは」

『中原君大丈夫かね』

「はい」

『あの』

『正直なとこ、どう思う？　中原君のアレ』

「小説としちゃダメです。読みにくいったらない。もっと整理してって何回も言ってるんですよ。でも本人あのスタイルがいいっていうから」

『僕は素晴らしいと思った。君、出版してくれたまえ』

「――編集長に上げてみます。それで通れば、僕の眼鏡違いです」

『彼の才能は詩だね』

「言われて思いました。僕詩歌《しいか》ダメなんですよ。認めます。編集長に上げると同時に詩歌のほうの人に回してみます」

『是非、頼むよ』

僕は溜息《ためいき》を吐《つ》いた。

「僕のセンスがなかったってことですよ」

『仕方ないだろう』

「悪い事したな。そしたら」

『仕方ないさ』

「勉強しないといけないですね」

『仕方ないよ、僕よりもセンスのあるひとなどなかなかいない』

僕は太宰先生の著作群を思い出す。

素晴らしいんだ。

話があって、それを伝える文章が正確で、独特の調子と装飾がある。一言一言に、まるで署名か焼きごてが押してあるような。

ああ、僕の魂に、そんな部分もあったのかと、自分でも知らなかったところを震わせてくれる。

自分の運命とか命とか削っているような、悪魔か天使と取引でもしているかのような。

「あのね、太宰先生」

『謙遜《けんそん》なんかしないぞめんどくさい』

「いいえ。その通りです。だから、どうか」

暗い、水の、中の。

「長生きしていいもの書いてくださいね」

電話の向こうで太宰先生は黙った。

きっと返事は来ないだろうと覚悟はしていた。

「で、あの、中原先生はちゃんと送りますから。なんなら綺麗《きれい》なおねーさんのいる店にぶっこみますんで」

『彼は決まった相手を作ればいいのにな』

どうして死んでしまったんだ。僕の子供。美しい子供たち。僕は悲しみだけを得て這《は》い上がれない。もうなにもいらない、お前たちがいきかえってくれることいがいには。

「中原先生、もてますから……」

なんだろう、このイメージ。とても悲しい。心臓が水浸しになるような。

『なんにしろ、お願いしますよ。水羊さん』

突然話しかけられた。

「あのう」

「あっはい」

「長沼さんのお店はこちらでいいのでしょうか」

「は、はい」

「……貸し切り？　です？」

「いえあの、取り次ぎます。お名前は」

『水羊さん？』

目の前の男性は少し背が高くて、硬いような体つきで、洒落《しやれ》たウールのコートとグログランリボンのソフト帽を被《かぶ》り、革の手袋をして角に別革の補強がしてあるトランクケースを持っていた。

はにかんだような顔で、美しい発音で言った。

「宮澤《みやざわ》と申します」

頭を殴られるような衝撃があった。

「あっ、あ、えっ、みや、みやざわ、宮澤賢治《けんじ》先生？」

戯《おど》けたようにその人は言う。

「んでがす」

ふふ、と笑う。

「ファンです！」

電話の向こうで太宰先生が叫ぶ。

『ファンです！』

うるさいから切る。ついでに電源も切る。

宮澤先生は、文壇の寵児《ちょうじ》で超売れっ子でもあるが、同時に超スーパーウルトラレアキャラだ。何しろ本業は、地質改良の会社の会社員で、国内国外問わず飛び回っている。

うちでも何冊か出版させていただいているが、売り上げは全部寄付してくれと言われて、ただ寄付するのではあれなので財団を立ち上げストーリーを作って定例の報告誌を出して、いやそれどうでもいいや。

「サインくださぁい！」

つい言ってしまった。

泣きそうになる。

宮澤先生は笑った。

雲が流れて、先生の上空に、星が見えた。

「いいですけど、長沼さんとの約束の時間なんです。先に挨拶《あいさつ》をしたいな。いいですか」

「はいもちろん！」

ギクシャクしながら僕は店に戻った。

「長沼さん、お客様です」

「ま、時間どおり」

長沼さんは立ちあがって宮澤先生を迎えた。

宮澤先生は帽子を取って、長沼さんに挨拶をした。

「お久しぶりです智恵《ちえ》さん」

「わたし長沼姓に戻りましたのよ。賢治先生もお元気そうでなによりです。寒かったでしょ、どうぞコートを取っておかけになって」

　中原先生は挨拶で察したらしく、顔を強《こわ》ばらせて、椅子とテーブルにさんざんぶつかりながら立ちあがった。

「あう、あ、あの、あ」

「あ、中原中也《ちゅうや》先生ですな。帰国の機内でインタビュー記事を読みました。イラストレーションのお上手な方だ。機内誌の表紙も描かれておられた。今度政府のお仕事もなさるそうですね」

「あっ、あ、う、いえ、はい！　はい！　そうです中原です！」

「あっわかったぞ」

　宮澤先生はお茶目に微笑んだ。

「さては君はわたしのファンだな？　なんて。うふふ」

「あっうっあ」

　中原先生はガクガク頷《うなず》いて、手を差し出した。

　宮澤先生はその手を両手で包んで、強く握った。

「こちらこそ、お逢《あ》いできて光栄です！　よろしく！」

　中原先生は魂が抜けたように椅子に座り込んだ。

　宮澤先生はトランクを長沼さんに渡して、コートを脱いだ。僕は慌ててコートを受け取り、空いている席の椅子の背に畳んでかけた。

「あっ僕、水羊と申します」

名刺を差し出すと宮澤先生も名刺を取りだした。

「改めまして、宮澤です」

深々と礼をされ、こちらも応じる。

ひとしきり名刺について話をし、中原先生もおずおずと名刺を差し出して交換した。

椅子に座り、長沼さんはコーヒーを全員分淹《い》れた。

「先生、それでトシ子さんはお元気です？」

「はい。すっかりよくなりまして」

「それはようございました。ほっとしましたわ」

「……そのことについて、名前は伏せますが酷いことを言われて傷つきました。それで書くのがイヤになってしばらくマレーシアにいたのです。金子《かねこ》光晴《みつはる》に会いましたよ」

「あら」

「しばらくあちらにいるそうです」

「そうですか」

僕は図々《ずうずう》しく聞く。

「あの、何を言われたのですか……。おいやなら答えなくても」

「トシが死ねばさぞ美しい詩ができたでしょうね、と」

　宮澤先生は淡々と答えた。

「作家をなんだと思っているのでしょう。人間だと、全く思っていないのか、それともその人にとっては他の人間は全てそのようなものなのでしょうか。愛するものが死ねば傑作がかけるのならば、世の中にはもっと傑作が満ちあふれているでしょう」

　ふーっと長い息を吐いて宮澤先生はコーヒーを飲んだ。

「意地悪な言い方をしました。いけない」

　中原先生が言う。

「作家が死ねば話題になって本が売れるから死ねばいいと、世の中に思われているのは知っています」

「それについてはどう思われますか」

「お前が死ねと思って聞いてます」

「おや、過激だ」

　宮澤先生はくすくす笑う。少しリラックスしたように中原先生が言う。

「宮澤先生、標準語なんですね」

「岩手《いわて》の言葉はあまり通じないので、地元のひとたちも基本バイリンガルですよ」

「先生は他には」

「エスペラント語と英語とマンダリンとロシア語とフランス語を少し。仕事で必要ですので」

「すごいですね」

「いやいや、もう土壌改善はね、やはり基本でして。どこの国にしてもまず作物がとれなくては話にならないので。最近はそのために水質改善も考えておりまして、別の会社と提携もしているのです。その会社が実にユニークでして、現地の人たちの考え方の吸い上げが実にお上手なのです。なにしろ、行って頭までその土地や文化に浸《つ》かって暮らさないと、全ての事は始まらないのです。そうしてその中で自分も変わっていくのです。作物が取れたときの人々の笑顔のためであればわたしはもうなんでもしてしまいます」

熱っぽく宮澤先生は語っていたが、ピザが来た。

長沼さんが支払おうとするのを止めて、僕が払う。

みんなでいただきまーすと食べる。

宮澤先生が言う。

「コレ、おいしいですね……！　日本のピザ久しぶりです」

「チーズンロールですチーズンロール。ハラペーニョ増しとは気が利いてますね長沼さん」

「まかせて。コーラ出しましょうか、キンキンに冷えてんですよ」

僕はつい言う。

「あっいいな！」

「しかも瓶ですよ。コップはあげません。ストローもなし」

僕たちは拍手をした。

ピザもコーラもあっという間になくなったところで、扉が開いて長い影が飛び込んできた。

「どうして誰も電話にでないんだよ！」

太宰先生だった。

中原先生が言う。

「僕携帯持ってないもん。家に置いてきた」

太宰先生が怒鳴る。

「水羊さんッ！」

「電源切っちゃいましたよ。太宰先生五月蠅《うるさ》いから」

「長沼さ」

「電話のジャック抜いちゃったわ」

「どうして僕を仲間はずれにするんだよ！」

宮澤先生が立ちあがった。

そして礼儀正しく礼をして、この五月蝿い長い男に名乗った。

「宮澤賢治と申します」

太宰先生は目を限界まで開けて、蚊の鳴くような声で言った。

「太宰です」

それで倒れた。

「うわあ！　大丈夫ですか！」

と、宮澤先生は慌てたが、中原先生も長沼さんも僕も慌てなかった。

中原先生が言った。

「だってこうなるから、連絡取れる状態にしてなかったんだよ」

長沼さんが言う。

「迷惑ね」

僕は言う。

「宮澤先生、ほっといていいですよ」

「そ、そうなのかい？」

中原先生は、

「そいつはむやみに頑健なのが取り柄なんでね」

と、言って宮澤先生に椅子を勧めた。

「それで、ええと、皆さん今日はなんの集まりなんでしょう。長沼さんは、わたしが来るからと言って人を呼んだりしませんでしょう」

長沼さんは頷く。

「パーティきらいよ」

中原先生は白い頬を可憐《かれん》に染めて恥ずかしそうに俯《うつむ》いた。

「あの、俺がいけないんです。太宰に小説の原稿を見てもらって、それで、これは詩だと言われて、ちょっと受けとめきれなくて」

「それが今日の話ですか」

「はい」

「原稿持ってるなら見せてください」

「は」

「話が早いでしょ」

中原先生はこの千載一遇のチャンス、もしくは引導を渡されるタイミングに遭遇して、一瞬凍り付いたが、意を決したように鞄《かばん》の中から原稿の束を取り出した。

「お願いします。ありがたいです！」

「いいえこちらこそ」

宮澤先生は軽い調子で受け取って、原稿をものすごいスピードで読んでいった。

その間に長沼さんがピザの箱をたたみ始めたので、僕は手伝う。

「足りないでしょ。適当になんかチンしてきます」

「手伝います」

「厨房《ちゅうぼう》は入らないで。外の靴でしょ」

長沼さんは小さなキッチンに入るときに専用のサンダルに履き替えていた。

「やることないです？」

「ナイフお貸しするからお林檎《りんご》でも剝《む》いて」

「はーい」

「おトイレで手を洗ってらして。それでこれで手を拭《ふ》いて」

と分厚いキッチンペーパータオルを渡される。

言われるままにそうして、戻って来たら長沼さんが何かもう炒《いた》めて煮込んで揚げていた。料理ができて僕のうさぎりんごが完成したと同時に宮澤先生が原稿を読み終わった。

「面白かったです」

僕は驚いて言う。

「すごい早いですね⁉」

「仕事柄。速読は必須《ひっす》ですので。それで、ええと、面白かったです、中原さん」

中原先生の顔が真っ白だった。

「はい」

「これが詩か小説か、というと、まあ版元のレッテル次第なんではないですか」

わあものすごく身も蓋《ふた》もないこと言われた。

「それで、これを商品とするかどうかも版元次第です。こちらの会社でダメならば、別のところに持っていけばいいですし、どうしてもダメならネットに上げてしまえばいいじゃないですか」

「は……」

「何に困って、何に傷ついているのです？　身近な二人に、評価されないことですか？」

言われて今度は中原先生の顔がどんどん真っ赤になっていった。

えっ、そ、そうなんですか？

「そ、そういうわけじゃ」

「まあそれは残念でしたけど、まあ無理なモンは無理なんで、評価してくれる人を探しましょう。そのために、まず本にするのはとてもいいと思いますし、中原さんはもうイラストレーター、いえ、人気のある商業画家としての知名度もあるんです。こんなのさっさと私家版として装幀《そうてい》して挿絵入れて少数印刷してあっちこっちにばらまいて、出版のお気持ちがあればご連絡下さいとか一筆入れれば、すぐに話がまとまるのではないですか」

中原先生はきょとんとして聞いていた。

「あの、内容については」

「いろいろ問題はあります」

「あっやっぱり」

「でも、言われて直す気もないなら、どうぞひとに読まれて大恥をかけばいいですし失敗すればいいです」

「ええ？」

「みんなそんなもんですよ。わたしだってどう読まれてどう使われてどう都合よく改竄《かいざん》されているのかわからない。笑われて、嘲笑《ちょうしょう》されて、バカにされているでしょう。わたしの小説だけではなく詩もそうでしょう。才能のあるなしにかかわらず、分野のあれこれにかかわらず、物をつくって発表するというのはそういうものです。けれど、歌を歌おうとするひとも、音楽をしようとするひとも、話を書こうとする人も、絵をかこうとする人も、漫画を映画を舞台を、何でもいい、それをしようとする人はあとを断たない。なぜだと思います」

中原先生はまるで少年みたいな声で言った。

「したいからです」

宮澤先生は破顔した。

「そうです。したいからする。人は物を作るし、自分が感じたことを表現したい。そういうふうにできている。楽しい物、美しい物を知ってしまえば、それを伝えずにいられない」

中原先生が泣きそうになっている。

僕も泣きそうになっている。

床の上で太宰先生が言った。

「でも宮澤先生」

「はい」

「戦後も七十年を過ぎて、何を言っても空回りをするような世の中で、それをしてどうなるというんです」

拗《す》ねた少年のような太宰先生の言葉に宮澤先生が言う。

「わたしたちは、これから、戦争をしない時代を作らなくてはなりません。病が人を奪わない世界をつくらなくてはならない。飢えが消え去る世界を求め続けなくてはならない」

宮澤先生は、僕の切った林檎を手にした。

「この林檎を一生夢見て、食べたこともなく死んで行く子供が、今もこの世界にいます。その事実と、たとえば、中原さんが小説を褒めて貰《もら》えないという事実は、比べるものではけっしてないのですが、林檎を好きに食べられる人間が、人生を謳歌《おうか》しなければ、林檎を食べられない子がいよいよかわいそうだ。林檎を食べられたとしても幸せにはなれないのなら、子供の憧《あこが》れはまぼろしになってしまう」

先生はうさぎの林檎を置いた。

「生きるのは素晴らしいことです。それを歌いあげたいと望むのなら、真摯《しんし》にそれをすればいい。いろいろな声やあざけりや悔しさやむなしさや落胆、あるいは、気軽な悪意や、無意識な害意がそれを阻むでしょう」

宮澤先生が中原先生を見た。

「わたしたちはそれに勝たなくてはならない」

　唐突に僕は理解した。

　宮澤先生は、ほんとうに先生で、先生がいればそれは教室になるんだと。

　ここは今教室なんだと。

「ひとりではとうていできないけれど、ひとりひとりでなくてはできないこと。わたしたちの戦争は今後一切がそのようになる。そのために」

　長沼さんが言う。

「あの、ともかくお料理冷めるから食べて下さい」

　全員が気が抜けて笑った。

「太宰先生もどうぞ」

　長沼さんに言われて太宰先生は床に起き上がる。が、視線はドアの外だ。

「なんか変な気配がする」

　中原さんが変な顔になる。

「今日は相手したくない」

　長沼さんが言う。

「食べて」

宮澤先生が言った。

「どうかしましたか？」

長沼さんが言った。

「食べてからにしてください」

僕が言う。

「ここ、ちょいちょい変な事がありまして」

「ほう」

太宰先生が言う。

「ちょっと面倒くさいですけど、まあ楽しいです」

宮澤先生が言う。

「あっ長沼さんこれおいしいです」

「でしょう」

中原先生が言う。

「長沼さん、せっかく先生いらっしゃるんだから、楽器とかないかな」

太宰先生が言う。

「僕、こう見えて美声です」

中原先生が言う。

「実はカホンができます」

宮澤先生が言う。

「へえ！　カホン！」

太宰先生が言う。

「カホンってなんだ」

長沼さんが言う。

「あの、駅前で若い……若くもないのかしらね、よくやってる、あの、木箱に座って叩《たた》いてるやつ」

「ああ」

中原先生が頷《うなず》く。

「あれ、なかなか楽しいんだぜ」

「そうなんだ」

で？

と全員の目が僕に向いたので、僕は脳内を検索した。

「タンバリンなら接待カラオケで鍛えてあります！　太腿《ふともも》とか内出血はします！」

「わたしはハープが弾けます」

長沼さんが言って、全員の意識がそちらに向かったのでよかった。

最後に宮澤先生が言った。

「わたしはオルガンが弾けます」

太宰先生が言った。

「ハープとカホンとオルガンとタンバリンとリードボーカルか」

中原先生が苦笑した。

「言ってはみたものの、楽器が揃わないですねぇ」

僕が言う。

「カラオケってのもつまんないですし、でも、宮澤先生にお話しいただくだけじゃあ申し訳ないですし」

長沼さんが言う。

「宮澤先生、お宿は」

「ここの駅前にとってあります。長沼さんがお元気そうで安心しました」

長沼さんが、椿の花がほころぶように微笑んだ。

「ありがとうございます。高村《たかむら》には会いました?」

「反省頻《しき》りの様子ですが、絆《ほだ》されてはいけませんよ。彼はわたしたちにとってはいい男ですが、あなたにとってはいけないひとだ。彼もそれをわかっていますから安心して」

長沼さんの目に涙が浮く。

「うー」

「お料理美味《おい》しゅうございました。お店の繁盛間違いなしです。あなたのハープが聞けたらいいのに」

店の電話が鳴った。

モジュラージャックを抜いていたはずの。

着信音は、ベートーベンの田園だった。

長沼さんはきっ、と背筋を伸ばして電話に向かい、受話器を取った。

「はい」

何か聞いて、そして切った。

「井《い》の頭《かしら》公園に、支度をしておきましたからみなさんでどうぞ、だそうでしてよ」

宮澤先生は少し考えて、それから両手を広げて言った。

「東京《とうきょう》でも、こういう怪異はあるんですな！」

太宰先生が面白そうに言う。

「はい。岩手じゃ河童《かっぱ》も天狗《てんぐ》もよく出ます。どうも湿度と関係があるようで、アジアでもよくその国その国のいろんなものがいますよ。どうもわたしはちょっかいを出されやすくて」

「東京でも？」

僕はびっと視線を上げて言う。

「どうか長生きをなさってよい仕事をしてください！」

胸にわだかまっていた言葉を言う。

「作家は人生ではなく作品で評価をされるべきだ、全てのひとは不幸や絶命ではなく、した仕事で評価をされるべきだ」

甘いと言われてもなんでも。

升《ます》がなんといおうが。

あいつは決していなくならないだろうけれども、だけれど、僕らだっていなくならないから。

僕はやめない。

言ったのは太宰先生だったろうか。

僕だってやめない。

僕は弱くて、すぐに空気みたいな物に流されるけれども、いつか、それを恥じて自分に立ち戻ることはできる。

中原先生が言う。

「水羊さん」

「はい」

「俺《おれ》ァ、あんたはすごく強くて、いっそこわいくらいだと思ってる」

「ど、どうしてですか」

「会社に勤めて俺らとつきあって、それでちゃんとやっててさ。さっきみたいな事ちゃんと言ってくれてさ」

「え、えっ、お恥ずかしいです」

中原先生が笑う。

この人ほんとに色男だな。

「ありがとうな」

すごい。

やばい。

今惚《ほ》れそうだったやばい。

あっという間に中原先生の表情が冷たくなった。

「あっ、俺、水羊さんは恋愛対象にならないからごめんね」

「僕も今一瞬やばかっただけですんで」

太宰先生が言う。

「僕にもくらっとしてよ水羊さん」

「あっないですすみません」

宮澤先生が、机の上の物をささっと食べてしまってからうきうきとコートを着た。

「行きましょう行きましょう。物の怪《け》が音楽堂を用意してくれているなんてすてきだ。面白い」

長沼さんも立ちあがる。

「待って、わたし、コートを取ってきます」

床に座ったまま答えたのは太宰先生だ。

「はいもちろん」

みんなで机の上を片付けて、小さな厨房《ちゅうぼう》用のサンダルを突っかけて中原先生が洗い物を終わらせて、化粧直しをして、艶《あで》やかなライラック色のウールのコートとピンク色のモヘアのマフラーと、えび茶の手袋と、同色のクロッシェ帽を被《かぶ》った長沼さんを迎える。

扉を開けると、外は直《じか》に井の頭の公園に繋《つな》がっていた。

暗く湿る常緑樹。鋭く天空を刺す落葉樹の枝。

大きな満月と煌《きら》めく星々。

太宰先生が悠々と、濡《ぬ》れた土を踏んで歌う。

「つーめくさーのはなーのー　さくーばーんにー」

中原先生が笑う。

「季節外れだな！　ポランの広場の夏の祭り！」

「ポッランのひっろばっの夏の祭りー」

宮澤先生が、おや、ご存じなのだねと笑い、歌いながら歩く。街は消え去り、辺りは森になる。水の気配の三鷹の森だ。

歌声が響くたびに、暗闇の森に一つ二つと、星の様な灯《あか》りが灯《とも》る。

宮澤先生が堂々と歌いあげ、

「さぁけぇをのまーずに、みずーを、呑《の》むー。そんなやつらが　でっかけってくるとー」

長沼先生も僕も合わせる。中原先生と太宰先生も合わせる。

「ポッランの広場も朝になる
ポランの広場もしらばっくれる」

照明の様な白々しい満月。
暗い森には色とりどりの星が灯り、あやしいものたちの気配を感じる。
ずっと、そばに暮らしていて、今もいるんだ。
僕は、現れた舞台に置いてあったタンバリンを取って、一度高く打ち鳴らした。

【参考文献】

『日本の詩歌5、10、16、18、20、23』 中央公論新社
『レモン哀歌 高村光太郎詩集』 集英社
『高村光太郎詩集』 新潮社
『名作クラシックノベル 太宰治』 宝島社
『富嶽百景・走れメロス 他八篇』 岩波書店
『檀一雄全集 第七巻 小説太宰治・小説坂口安吾』 沖積舎
『小説 太宰治』 岩波書店
『太宰と安吾』 沖積舎
『谷崎潤一郎全集』 中央公論社
『回想の太宰治』 講談社
『昭和モダニズムを牽引した男 菊池寛の文芸・演劇・映画エッセイ集』 清流出版
『新編 宮沢賢治詩集』 新潮社
『三鷹文学散歩』 三鷹市立図書館
『三鷹風景百選』 三鷹市公式ホームページ

富士見L文庫

妖《よう》怪《かい》と小《しょう》説《せつ》家《か》

野《の》梨《り》原《はら》花《か》南《なん》

平成27年12月20日　初版発行

発行者　三坂泰二
発　行　株式会社KADOKAWA　http://www.kadokawa.co.jp/
〒102-8177　東京都千代田区富士見2-13-3
電話　03-3238-8521（カスタマーサポート）
　　　03-3238-8641（編 集 部）

印刷所　旭印刷
製本所　本間製本
装丁者　西村弘美

定価はカバーに表示してあります。

本書の無断複製（コピー、スキャン、デジタル化等）並びに無断複製物の譲渡及び配信は、著作権法上での例外を除き禁じられています。また、本書を代行業者等の第三者に依頼して複製する行為は、たとえ個人や家庭内での利用であっても一切認められておりません。
落丁・乱丁本は、送料小社負担にて、お取り替えいたします。KADOKAWA読者係までご連絡ください。（古書店で購入したものについては、お取り替えできません）
電話 049-259-1100（9:00〜17:00／土日、祝日、年末年始を除く）
〒354-0041 埼玉県入間郡三芳町藤久保 550-1

ISBN 978-4-04-070775-4 C0193 ©Kanan Norihara 2015　Printed in Japan

富士見L文庫

紅霞後宮物語

雪村花菜
イラスト／桐矢隆

性ながら最強の軍人として名を馳せていた小玉。だが、何の
果か、30歳を過ぎても独身だった彼女が皇后に選ばれ、女
嫉妬と欲望渦巻く後宮「紅霞宮」に入ることになり――!?
二回ラノベ文芸賞金賞受賞作。

富士見L文庫

富士見Ｌ文庫

かくりよの宿飯

友麻碧
イラスト／Laruha

祖父の借金のかたに、かくりよにある妖怪たちの宿「天神屋」へと連れてこられた女子大生・葵。大旦那である鬼への嫁入りを回避するため、彼女は、得意の料理の腕前を武器に働くことになるが――？

富士見Ｌ文庫

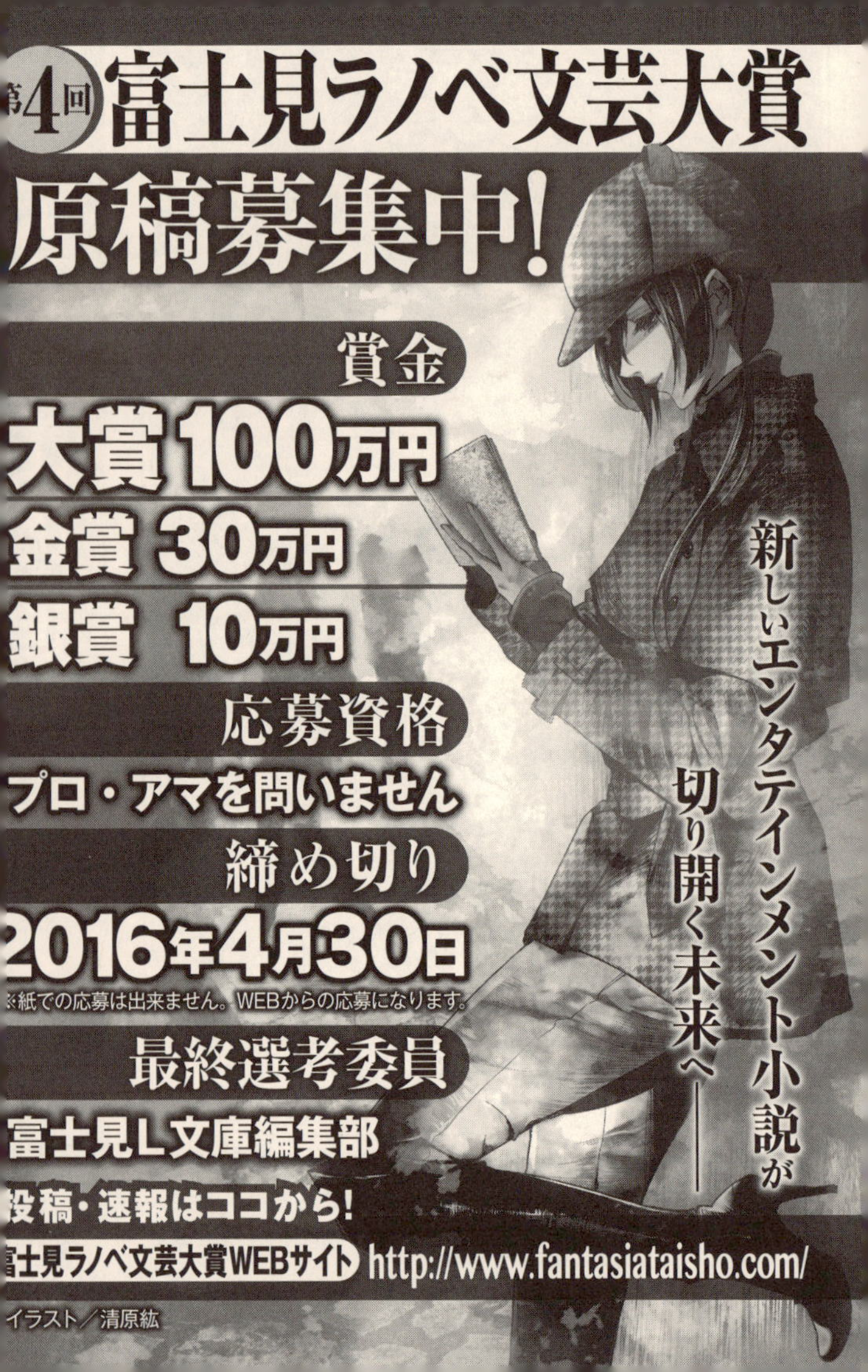
第4回 富士見ラノベ文芸大賞
原稿募集中!
賞金
大賞 100万円
金賞 30万円
銀賞 10万円
応募資格
プロ・アマを問いません
締め切り
2016年4月30日
※紙での応募は出来ません。WEBからの応募になります。
最終選考委員
富士見L文庫編集部
投稿・速報はココから!
富士見ラノベ文芸大賞WEBサイト http://www.fantasiataisho.com/
新しいエンタテインメント小説が
切り開く未来へ――
イラスト／清原紘